La Danse des oubliés

DE LA MÊME AUTRICE

AUX ÉDITIONS HÉLOÏSE D'ORMESSON
Avant elle, 2021. Pocket, 2022.

AUX ÉDITIONS CLASSIQUES GARNIER
Agresser le spectateur – Généalogie d'une politique, essai, 2019.

Johanna Krawczyk

La Danse des oubliés

Éditions Héloïse d'Ormesson

Roman

L'écriture de ce texte a bénéficié du soutien du Centre National du Livre et de celui d'Occitanie Livre & Lecture dans le cadre d'une résidence à la Maison des écritures Lombez Occitanie (MdE).

Le poème de Nâzim Hikmet cité en page 92 est extrait de « Ce pays est le nôtre », 1948, in *Il neige dans la nuit et autres poèmes, Anthologie*, 1999.

ISBN 978-2-35087-964-2

Éditions Héloïse d'Ormesson
92 avenue de France, 75013 Paris
www.editions-heloisedormesson.com
serviceclients@lisez.com

À Paulette et Sylvain,
Suzanne et Robert.

« J'ai ancré l'espérance
Aux racines de la vie

*

Face aux ténèbres
J'ai dressé des clartés
Planté des flambeaux
À la lisière des nuits
[…] »

Andrée Chedid, extrait de « L'espérance »,
Une salve d'avenir – L'Espoir, anthologie poétique.

Ça échappe et ça ricoche

C'est inévitable

LUCE

– J'ai réussi le premier tour, je suis sélectionnée !

Son cri envahit le hall. Dans l'hôtel familial, les clients se tournent vers elle d'un bloc. Luce, dix-sept ans, mini-short et brassière jaune fluo, ne prête pas attention à eux, trop occupée à chercher les siens. Sans perdre une seconde, elle s'enfonce dans les couloirs en direction de la partie privée. Elle fait fi du standing, court, bouscule une femme, renverse un plateau, avant de surgir dans le salon où ses proches se sont retrouvés pour jouer.

– J'ai réussi, je suis sélectionnée ! Sur cent vingt-deux, on n'est plus que cinq !

Le deuxième tour approche. Elle promet de ne pas baisser la garde, elle intègrera Les Météores, la compagnie de renommée internationale basée au Canada, elle voyagera dans le monde entier, les grandes capitales et les villes de province, elle offrira au public des moments suspendus, ceux où les émotions s'engouffrent et chassent le quotidien comme une brise estivale, ceux qu'on n'oublie jamais car ils vous colorent de sensations éternelles. Elle ne baissera pas la garde, la danse sera son métier.

Mes parents et ma sœur me félicitent
Chacun à sa façon
Baiser sur le front pour ma mère
Tape dans le dos pour mon père
Sourire silence pour ma sœur

Bientôt il est l'heure

Nos parents se pressent
Soirée entre amis dans la vallée
La porte claque
Une caresse dans la nuit
Ma petite sœur m'enlace
Soirée entre sœurs
Soirée sans parents
Joie

Luce profite des dernières lueurs du jour pour parfaire son entraînement. Elle part courir et sa petite sœur, Maud, l'accompagne. À petites foulées, elles empruntent le chemin de terre reliant l'hôtel, Le Douglas, à la rue principale. Elles battent le bitume, passent devant l'église aux vitraux bleutés qui surplombe la rivière inaudible en ce printemps déjà trop chaud. Avant, l'eau clapotait. Et lorsque Maud s'approchait, elle était persuadée que c'était l'église qui la grondait. Elle se précipitait inquiète aux côtés de sa grande sœur.

– La dame bleue va nous manger, on doit partir !

Au fil des années, elles se sont apprivoisées et ont appris : la dame bleue veille sur le village de Belle-Rose et ses trente-deux maisons isolées.

Les deux sœurs avancent en rythme, inspirant à pleins poumons les odeurs de leur terre savoyarde. Au milieu de la grand-rue, elles croisent Dali, le meilleur ami de leur père, gérant de la supérette, et sa mère Marie-Claude dans son fauteuil roulant. Celle-ci les salue de la main, tout comme Maddy quelques mètres plus loin, l'ancienne institutrice de l'école et actuelle maire. Pour réussir leur boucle jusqu'au chalet, Luce et Maud se contentent d'un hochement de tête. Elles grimpent sur les sentiers voisins, ceux qui donnent à la montagne son air ridé, accélèrent, doublent Antonia et ses brebis, avant de hurler leur exaltation d'être à nouveau réunies pour les vacances.

De retour au Douglas, Maud se jette dans l'herbe. Derrière, le chalet a tout d'une carte postale de vacances avec ses quatre cents mètres carrés, ses trois étages traversant et ses fenêtres qui dominent la vallée.

– Tu m'as manqué. Je préférais quand on était petites et qu'on restait collées.

Luce regarde sa cadette d'un an seulement, plus robuste, blond soleil comme leur père, et d'un geste vif, elle retire son bracelet-étoile.

– Tiens, comme ça je serai collée à ton bras.

Dans les yeux de Maud, ce petit bout de sa sœur a des allures de don du ciel.

– Je le quitterai plus.

Quand Le Douglas semble endormi et que la nuit devient la leur, Luce décline à contrecœur les propositions de films et de séries de sa sœur.

– Je veux rester dans mon élan et en profiter pour répéter. Tu comprends ?

Luce embrasse sa sœur, qui feint de comprendre. Comment le pourrait-elle alors qu'elle ignore ce qu'est une passion chevillée au corps depuis des années, seule maîtresse à bord du navire des décisions ? Chaque semaine, Maud change de passion. Après le judo, le développement personnel, la fabrication de gris-gris, elle vient d'entrer dans sa phase photographies. Elle lit tout ce qui lui tombe sous la main et passe des heures à déambuler dans Belle-Rose pour collectionner les clichés. Maud se cherche et c'est normal, pense Luce, tout le monde n'a pas le privilège d'avoir un rêve.

Dans sa chambre, elle s'échauffe. Progressivement, son corps se déploie et occupe tout l'espace. Pendant plusieurs heures, elle danse, la fenêtre ouverte sur les hululements de chouette, bien décidée à prouver à son père qu'elle avait raison.

La danse sera son métier.

*

Luce se réveille aux aurores.

Pour répéter.

Ses parents et sa sœur dorment encore et elle chérit ce moment de calme, comme si le temps avait décidé de converser avec elle en tête-à-tête. Elle se prépare un chocolat chaud et marche pieds nus dans le jardin. Elle hume l'air et dit bonjour à la nature, aux abeilles qui butinent les marguerites et les gentianes, au grand épicéa qui regarde la vallée, au mont Coste, majestueux en ces matins d'avril. Sa tasse en main, bien droite au milieu de l'immensité de verdure, elle affiche cette vitalité contenue du grand sportif avant la victoire.

Elle se tourne, confiante, vers le chalet qui paraît sourire à la route. Depuis son ravalement, des centaines de familles y ont séjourné, été comme hiver. Elles y ont ri, elles s'y sont aimées, et cette atmosphère l'inspire, contrairement au village et à ses habitants. Le Douglas possède cette magie des lieux propices aux bons souvenirs, et aux réussites. Peut-être à cause de son bois qui tire vers le rouge. Chaud et réconfortant. Une chose est sûre, n'importe qui signerait pour son scénario bonheur.

Ce matin pourtant, une voix retentit, ça hurle et ça résonne comme l'annonce d'une guerre imminente.

– Un corps ! Y a un corps dans l'Eau Rouge !

Le clocher de la dame bleue se met à sonner, très vite, des ding dong en chamade.

– Un corps ! Un corps !

Il est six heures du matin et l'inquiétude traverse le village. Une traînée de poudre enflammée. Et cette voix qui hurle la saisit. Quand elle l'entend, elle ne réfléchit pas : lentement, elle saute par-dessus la barrière du terrain, accélère, un mauvais pressentiment, elle suit les sirènes dans la grand-rue, essaie d'oublier les ding dong et les boum-boum de son cœur. Elle passe devant l'église qui sonne à n'en plus finir, elle s'enfonce dans la forêt par le sentier de terre, elle fait abstraction de ses pieds nus et de ces sons fous dans ses oreilles. Elle descend vers la rivière et toutes ces percussions la mettent sous tension. Les joues en feu, elle s'arrête devant l'Eau Rouge.

Un nom enchanté pour un village de ploucs.

Devant elle, desséchée, il y a la colline aux papillons que les monarques ont fui depuis des années. Autrefois verdoyante et ombragée, elle ne ressemble plus qu'à une bosse jaune. Sèche et triste, de la paille oubliée. Et à l'endroit le plus étroit de la rivière, il y a un corps en travers.

Un corps d'adolescente habillée. Le visage dans l'eau.

Autour, les gendarmes, les locaux, des bandes jaunes et des appareils photos. Tous regardent celle qui flotte. Ils s'agitent comme devant un spectacle exceptionnel ou une féria endiablée. Sauf qu'il n'y a ni féria ni spectacle dans cette rivière.

Il y a un corps
Mort

Et c'est ma sœur
Maud

Tout se fige en une fraction de seconde

Un vent froid fait irruption et m'emporte
Un vent qui ne laisse aucune place au rêve

Impossible à nommer

Ni Sirocco ni Simoun
Ni Diablo ni Pampero

Il m'impose une mue

J'aimerais claquer des doigts
Rembobiner le temps
Échec
J'aimerais dissoudre le présent
Obtenir un précipité voluptueux
Échec
J'aimerais croire en une mise en scène
Un jeu taillé sur mesure pour me filer les chocottes
Échec

Les frontières ont disparu
Je chute
Feuille volée au printemps
Disparue

Boum

*

Quelques secondes plus tard, des minutes entières peut-être, Luce observe la femme qui gère les opérations. Une gendarme en civil. Elle a les cheveux roux vif et bouge si vite qu'elle ressemble à une tête-torche vivante. Si elle s'y prend bien, elle pourrait tout enflammer avec ses cheveux, et c'est peut-être ça qu'il faudrait à Belle-Rose, mettre le feu, raser les terres pour en faire pousser de plus belles, anéantir les tarés. À commencer par celui qui a fait ça.

Luce fixe les bras de la capitaine, ils donnent des ordres en gestes de ballet, chefs d'un orchestre macabre, ils voyagent d'est en ouest tout en cherchant un indice entre ciel et terre, ou entre les villageois qui épient. Ces hypocrites sont tous là, une petite soixantaine en essaim, avec au premier rang les aficionados des commérages : la jeune Antonia, la bergère du village, qui a quitté la capitale pour une vie qui a *du sens*, Patrick, un ami d'enfance de son père, Maddy, la sans-gêne numéro une. Il y a aussi Hervé, Dali et Marie-Claude, la famille Bérard. La liste est longue, et Luce se détourne pour se confronter à nouveau au corps qui flotte.

L'horreur en habits du réel.

Du coin de l'œil, elle repère l'écharpe kaki autour du cou : celle-ci n'appartenait pas à Maud. Elle en arrive à la même conclusion que la capitaine. Cela ne ressemble pas à un suicide, d'ailleurs, sa sœur n'avait aucune raison de se suicider.

Cela ressemble à un homicide.

Étranglement
Et corps
Dans l'eau
Pour effacer les traces

Fausse noyade

De qui   Pourquoi

Est-ce un accident
Une mauvaise rencontre

Quelqu'un d'ici y est-il mêlé

Face à ce corps isolé dans l'Eau Rouge, la foule reste derrière les bandes jaunes. Ses parents surgissent, agrippés l'un à l'autre, deux ailes d'ange qui viendraient d'être brûlées vives. Ça la tue.

Sa mère crie.

Son père s'est momifié.

Et elle à l'écart, elle voudrait se fondre dans le décor ou dans le bleu azur du ciel.

Pour tenir, elle recule, détaille ce qui se déroule devant elle, une combinaison blanche effectue des prélèvements, une autre les place dans une valise, c'est irréel, la combinaison avance en apesanteur comme on marche sur la Lune ou sur les rêves détruits, et elle donne un papier à un jeune sous-officier qui tape du pied.

Tous fourmillent à côté de Maud transformée en nymphéa blanc. Les genoux de Luce tombent à terre, elle se promet dans un souffle de trouver celui qui a fait ça. Déjà, un nom apparaît sur toutes les lèvres, un bourdonnement croissant répétant les mêmes lettres, le même nom :

Le Maudit.

Matthias

Il déteste descendre. Il préfère grimper, activer la mécanique et faire face à l'imprévu pouvant surgir à chaque lacet. C'est grisant, surtout au volant d'un semi-remorque chargé à bloc. Il aime sentir l'adrénaline s'écouler dans ses vaisseaux et le métamorphoser en soldat triomphant d'une croisade inventée. S'il pouvait, il filerait tous les jours vers l'Italie en passant par le col de la Grande Pointe. La nature y mène sa danse comme elle l'entend, avec ses herbes sèches et ses fleurs sauvages qui n'ont pas encore tourné de l'œil malgré le soleil brûlant.

Il aime ce trajet plus qu'un autre, l'air chaud qui lui caresse le visage et la route qui zigzague à travers la montagne. À chaque kilomètre, il tutoie un peu plus le ciel. Et quand il s'arrête à un virage pour déplacer les grumes avec sa grue et être en mesure de tourner, il entrevoit quelque chose de possible. À chaque virage, une autre vie. Un horizon.

Il écoute les marmottes, les moufettes, les oiseaux. Il regarde les pins disséminer leur pollen, les pensées des Alpes s'enivrer des premiers rayons. Et il sent, l'herbe, les arbres, l'air. Un détail lui suffit pour imaginer l'immensité de ce monde invisible, loin des habitants de Belle-Rose.

Quand il arrive à Turin après ses quatre heures de trajet, Elia l'attend en combinaison grise devant l'usine. Il fume sa clope sous le porche, adossé contre le mur.

Avant il attendait mon père
Avec la même combinaison
Qui lui filait le cafard
Elle lui rappelait
Son propre père

Et c'était pas des bons souvenirs

Tous les mois, Matthias lui livre trente-cinq mètres cubes de grumes sans se poser de questions. Il serre la main d'Elia, dîne avec lui, et repart le lendemain matin après une nuit passée dans la cabine de son camion. Il apprécie parce que personne ne le regarde de biais. Il peut s'asseoir et manger ses biscuits aux amandes sans entendre des chuchotements dans sa tête.

Par contre, dès qu'il repasse la frontière, l'angoisse lui mord le corps. La vision des villageois qui se plantent de chaque côté de la grand-rue pour l'attendre comme s'il était le Tour de France à lui tout seul se plaque sur ses rétines.

Impossible à retirer.

Il se dit que ces gens-là passent leur vie à chuchoter et ça le rend fou. À la supérette, sur la place du marché, les sentiers, partout, ils chuchotent. Matthias ne répond rien, se cache. Sa peau est marquée à vie par leurs médisances.

C'est la malédiction qui veut ça. À huit ans, il l'avait criée au sommet de la colline aux papillons pour s'en débarrasser.

– Je suis maudit, je suis maudit ! Ça suffit !

Rien n'avait changé.

Quand quelque chose se passe mal
Je hausse les épaules et je me tais
Comme la montagne

En entrant dans Belle-Rose, il est prêt à les voir tous de chaque côté de la grand-rue. Il inspire une grande bouffée d'oxygène et appuie sur l'accélérateur. Il se persuade : c'est son spectacle privé, des clowns mis là pour le divertir.

Il s'approche, son cœur s'emballe, et… personne. Il devrait être soulagé mais il est surpris. Il s'inquiète même. Les images défilent dans son esprit : une vague de chaleur ou une épidémie aurait-elle eu raison de ces salopards ? À moins qu'ils ne se soient lancés dans une transhumance inexpliquée ? Ce serait beau ça, dans la rubrique « Faits divers » : des montagnards filent à travers les pâturages à quatre pattes comme des agneaux apeurés. Panique au village, ses habitants disparaissent.

Il rit bêtement à son volant avant de garer son camion sur le bas-côté.

Il sort, et à peine a-t-il fait quelques pas qu'il croise Maddy, le regard chargé de reproches.

– On a retrouvé la cadette de Paul et Nora dans l'Eau Rouge ce matin. Morte. Assassinée.

Souffle coupé
Respiration saccadée
La crise d'asthme surgit
Les serpents aussi
Je ne me bats plus avec les faits
C'est toujours la même rengaine
Je ne peux plus respirer
Ça siffle
Mon corps devient un terrarium
Ça siffle de plus en plus fort
J'essaie d'ignorer les serpents
De les chasser
De les maltraiter
Ils reviennent
Armée rampante du Maître des ombres
Ils me punissent
Parce que je suis maudit
Ils grimpent le long de mes tibias
Se hissent jusqu'à mes poumons
Tournent et accélèrent
Ça siffle et tout m'échappe
Ils m'asphyxient

Et je m'évanouis

Les Serpents

Hantent les cauchemars

Amusent les enfants

Cheveux de Méduse qui rient et pleurent

C’est froid

Y en a des petits et des tout maigres

Y en a des plus grands que des ogres

Dents pointues

Ça mue – Veinards

Mieux que les hommes aux doigts fripés

Peau de chagrin

Matthias

Devant la fenêtre de sa cuisine, les yeux dans le vague, il hésite à aller présenter ses condoléances à Paul et Nora tant il s'interroge sur le comment. Il n'est pas sourd, il a entendu son nom prononcé plus fort que d'habitude. Ce meurtre a réveillé la malédiction. Il serre sa tasse et elle explose dans l'évier. Un fracas. Il en ramasse les morceaux avec la sensation que c'est sa vie brisée qu'il récupère au creux de sa paume, à trente-huit ans. Il jette tout dans la poubelle, passe un coup d'éponge, remet du lait à chauffer dans son unique casserole et attend. Aux premiers tremblements, il coupe le feu et se pince les lèvres de dépit. Un œil discret apparaît sur sa joue droite, sa fossette moqueuse à qui il donne raison : il se sent comme le lait dans cette casserole, éteint avant d'avoir eu la chance de frémir.

Quand il redresse la tête, il aperçoit derrière la vitre une silhouette venue d'une autre contrée. Un fantôme du passé vêtu d'une salopette bleue. Une seconde lui suffit pour dissiper tout doute. C'est elle.

Elle cherche mon regard
J'avance et elle quitte la cour
Mon fort
Elle s'enfonce dans la forêt
Se cache derrière les épicéas
Elle se faufile comme si elle m'invitait
À jouer à chat
Je me mets à courir
De plus en plus vite
Au milieu des spartines
Elle me parle
Et je n'entends pas
Elle va trop vite
S'est-elle dédoublée
Je tourne sur moi-même
Perds le sol
Ne sais plus
Ai-je rêvé
Les fantômes n'existent pas
Sinon dans la tête des fous

Matthias… Matthias…

La voix émane de derrière moi
Je n'ose pas me retourner
Juste dire

Elsa, est-ce toi

*

* *

– Tu viens mon grand ?

Elsa, seize ans, sort de la chambre en courant, dévale les marches de l'escalier deux à deux et déboule dans le jardin.

– Le dernier arrivé à la rivière est un crapaud pourri !

Elle décampe. Matthias, huit ans, la suit emballé. Sa grande sœur est son modèle. Il donne tout ce qu'il peut pour ne pas être un crapaud pourri, c'est moche et ça pue. Il ne veut pas non plus ranger tout seul la chambre, gage du perdant. Sa sœur aime lui concocter des histoires extraordinaires, et pour ça, elle prend un malin plaisir à mettre toute la maison à contribution. Matthias peut devenir un Ranger qui saute de poêle en poêle, ou un guide de haute montagne aguerri qui descend des marches de glace en luge grâce à la panière de linge sale.

Dans leur course vers l'Eau Rouge, Matthias tente de rattraper sa grande sœur, il court vite malgré son corps-enclume et ses cuisses qui se touchent. Le paysage bouge de haut en bas, la queue de cheval blonde d'Elsa se balance devant lui. Il fonce, la dépasse et parvient à poser le premier le pied dans la rivière. Sa sœur explose de rire.

– T'es trempé frérot !

Il rit lui aussi, fier d'avoir gagné et assuré. Elsa le tire hors de l'eau et ils rentrent se sécher. Quand ils franchissent le perron, le plancher craque et leur père endormi sur le canapé dans ses vapeurs d'alcool se réveille dans un ronflement. Il leur hurle dessus, furieux.

– Qu'est-ce que j'ai fait pour avoir des enfants pareils ? Une bécasse et un gros !

Matthias baisse les yeux. Elsa le défie du regard, aînée protectrice, tandis que la tête de leur père disparaît derrière le dossier. Elle glisse un doigt sous le menton de son petit frère pour lui relever la tête. C'est le signal, le moment de jouer au roi du silence. Matthias observe sa sœur adorée. Il lui est si reconnaissant de savoir transformer les cauchemars éveillés en jeu.

Une fois dans la salle de bains, elle ouvre le robinet pendant qu'il s'essuie.

– Qu'est-ce que tu fais ? demande Matthias.

– Rien.

Et d'un mouvement agile de doigts, une gamme jouée dans les airs sur un piano invisible, elle l'arrose. Sans perdre de temps, il réplique. Ensemble, ils s'amusent, oubliant leur père dans le salon, leur mère de plus en plus absente, oubliant tout. Et comme ça, allongés sur les serviettes de bain, entre les rires et les éclaboussures, il se dit que la vie est comme une bataille d'eau. Il faut s'amuser pour oublier qu'on est trempés et que ça fait froid dans le cœur.

*

* *

Quand Matthias revient à lui, il a les pieds dans la rivière et les yeux tournés vers le ciel. Il recule dans un cri étouffé.

Il pleut à verse
Je ne comprends pas
Ce que je fais là
J'ai bravé les bandes de la gendarmerie

Il pleut à verse
Et je suis dans l'Eau Rouge
En aval du village
Une hache dans les mains

Il se dépêche de rentrer et de ne pas questionner cette absence. Une de plus à ajouter à sa comptabilité des dernières semaines. Quand celles-ci ont-elles recommencé ? Il ne s'attarde pas, la nuit commence à tomber et les trombes d'eau s'accentuent. Sur le chemin, il croise Antonia dans son imperméable orange qui lui saute dessus.

– Je te cherchais, j'ai un souci, un gros souci même, une de mes chèvres est coincée là-haut dans la rivière, ses pattes se sont prises dans des branchages, près du barrage, au niveau du plateau. Ils ont lâché un peu d'eau et elle s'est fait surprendre.

Il poursuit sa route et Antonia trottine pour le suivre.

– Je ne sais pas vers qui me tourner. T'es le seul qu'a la force de la récupérer. Je suis trop petite. Là où elle est, y a plus d'un mètre quatre-vingts d'eau… S'il te plaît, je peux pas me permettre de perdre une chèvre. Pourquoi tu m'aides pas ? T'es grand, t'es fort, c'est rien pour toi !

Matthias se sent pris en étau. Qu'est-ce qu'elle va encore colporter s'il n'intervient pas ? Ce Maudit égoïste n'a pas voulu m'aider. Il a laissé ma biquette se noyer, crever comme une merde, vous aviez raison. Quel sans cœur ! Elle se place devant lui pour qu'il s'arrête.

– Allez ! Viens ! On va la sortir de là !

Son sourire est aussitôt sanctionné. Matthias se retourne vers elle, lapidaire.

– Je peux pas t'aider.
– Si ! Tu peux !
– Non. Je déteste l'eau… Je sais pas nager.
Elle se tait, stupéfaite, puis répète cette information qui résiste à la logique et aux rumeurs.
– Tu sais pas nager… toi ?

*

Il s'est senti piégé, obligé de l'aider pour baisser le volume des chuchotements. Il est rentré chez lui, a désolidarisé la remorque du camion et a fait signe à Antonia de le rejoindre.

À bord, elle soupire, soulagée, alors qu'ils grimpent jusqu'au plateau guidés par la lumière jaune des phares.

Sur place, la chèvre affolée bêle à en percer les tympans. Matthias voudrait être partout sauf ici, avec cette pluie battante qui les malmène, leur demandant de laisser la bête en sacrifice et de rentrer. Les souvenirs remontent, tout comme la comptine de l'Eau Rouge, celle inventée par Maddy pour que les enfants ne s'approchent pas de la rivière et de ses humeurs incertaines. Ils la chantaient tout le temps avec Elsa. Même que dans des millions d'années, ce village sera un vestige archéologique de fous, un musée-mausolée pour touristes désœuvrés avec la chansonnette locale qui jouera en boucle pour satisfaire les plus curieux.

Pourquoi l'Eau Rouge, avait-il dit ?
Pour le souvenir, pardi
Ne te rappelles-tu pas

L'histoire de celle qui
Tranquille s'en alla ?

Elle avait quitté son groupe
Toute fière de son entourloupe
Et avait suivi une grive
Venue s'abreuver
Aux confins de la rive
Charmée, elle n'avait pas hésité
À petits pas à s'approcher
« Viens par ici, toi
Ou tu vas mettre la rivière
En émoi… »

– Matthias ? Qu'est-ce que tu fous ? Tu me fais flipper là !

Dans la nuit, le faisceau lumineux provenant de la lampe frontale d'Antonia le rappelle à l'ordre. De retour dans son corps-carcasse, Matthias grimpe sur sa grue, s'assoit et actionne l'engin qui tourne sur lui-même. Il doit être adroit et rapide. Après, il pourra rentrer chez lui.

Peinard. Seul.

Le bras de la grue se tend, s'avance vers la chèvre qui s'agite. Elle bêle de plus en plus fort. Antonia tente de la rassurer, mais sa voix ne peut rien contre le géant métallique qui résonne de manière désordonnée dans l'opacité nocturne. La chèvre bouge la tête tous azimuts. Elle ne voit rien sinon une chose informe et effrayante à la mâchoire gelée s'abattre sur elle dans un claquement sec pour la sortir de l'eau. À l'autre bout, l'homme se concentre.

Ses gestes sont précis pour l'acheminer au plus vite sur la terre ferme. Sans blessure.

Au centre de toutes les attentions, le bras descend vers le sol. La fin est proche, prévisible, et c'est peut-être ce dernier point qui change la donne. Pareille à un être animé, la grue décide de dire non. Elle ne fera pas ce qu'on attend d'elle. Pas maintenant et pas ici. Parce qu'elle se bloque. Matthias coupe le contact et le remet. Il bouge les leviers plusieurs fois avant de se rendre à l'évidence : le mécanisme est grippé. Malédiction de l'Eau Rouge. Il réfléchit en observant les pattes de la biquette s'agiter au travers de la pelle. Elle hurle comme si on l'égorgeait et Antonia se bouche les oreilles.

– J'avais oublié que t'étais Maudit ! Putain ! Fais quelque chose !

Sous la pluie devenue jaune, grâce à un pied de biche et à sa force d'ours, Matthias ouvre la pelle. La chèvre tombe d'un bloc, rassemble ses pattes et retrouve sa démarche.

– T'embête pas à nous raccompagner, conclut Antonia.

Merci
A-t-elle dit *merci*
Ou l'ai-je rêvé ce mot
Que les gens
Polis
Disent d'habitude

Esseulé, il remonte dans son camion, près pour une descente à la vitesse de la limace. Avec toute l'eau qui est tombée en si peu d'heures, le sol est boueux, il ne doit prendre aucun risque.

LUCE

AVEC L'ANNULATION de toutes les réservations, Le Douglas a des allures fantomatiques. Il est figé dans le temps, massif et impuissant, offrant ses couloirs vides aux courants d'air et aux oiseaux égarés. Seule vit encore sa partie privée sous assistance respiratoire. Luce n'a pas de nouvelles. Après l'enquête de voisinage, l'interrogatoire de tous les clients de l'hôtel, celui de ses parents, du personnel, le sien, après la perquisition, la mise sur écoute, la confirmation qu'il s'agit bien d'un homicide, rien.

L'absence comme un bruit blanc.

Elle a fait des recherches sur chacun des clients. Familles et couples, elle a retracé leurs parcours, fouillé leurs chambres, celle de sa sœur, cherché un indice, sans rien trouver de signifiant. Elle est persuadée que le coupable est parmi eux : quelqu'un d'ici. La colline aux papillons, l'endroit où a été retrouvée sa sœur, n'est connue que des habitants. Elle l'a confié à la capitaine Rossi au cours de sa déposition. En retour, celle-ci lui a laissé sa carte.

– Tu m'appelles quand tu veux, ok?

Résultat, Luce l'appelle tous les jours. Plusieurs fois. Elle s'inquiète de ne voir aucune interpellation sérieuse dans Belle-Rose. La capitaine garde son calme.

– Il faut que tu sois patiente, Luce. Dès que j'aurai des informations, je les donnerai à tes parents. En attendant, il faut que tu t'occupes.

Je ne veux pas m'occuper
Je veux le retrouver et le tuer
Œil pour œil
Dent pour dent

Luce décide de se rendre à la gendarmerie, dans la vallée, pour faire pression par la simple présence de son corps. Bouger pour ne pas sombrer. Autour d'elle, le temps, les êtres, les rituels sont suspendus. Sa mère ne rit plus au petit matin en voyant les têtes de son père et de sa sœur détendues, côte à côte, sosies homme et femme, avec leurs yeux doux aux cils blonds, leur bouche fine comme un dessin d'enfant et leurs sourcils trop courts qui faisaient le drame de Maud. Sa mère passe ses journées à se gaver de médicaments et à errer entre le salon et la cuisine pour fixer la fenêtre comme si Maud allait revenir. Elle ne dort plus dans sa chambre et a réduit son territoire de vie, sa place, comme s'il allait lui être plus facile de contrôler le chaos. À chaque fois, Luce lui propose de sortir et Nora répond d'un signe négatif suivi d'une caresse sur la joue. Sa mère a été aspirée par la terre, déchirée par la mort. Une Déméter condamnée par la disparition éternelle de sa fille. Luce n'encaisse plus. Son être est devenu trop exigu pour contenir toute sa rage.

La capitaine à la peau froissée par le temps traverse le hall. Luce fonce vers elle.

– Vous avez arrêté quelqu'un ? Pourquoi personne n'a été interpelé à Belle-Rose ?

– Il faut que tu nous laisses travailler, Luce. Attends, et fais-nous confiance.

Elle pose une main sur son épaule dont Luce se défait.

– Comment je peux attendre alors que le meurtrier de ma sœur se la coule douce je sais pas où ?!

*

De retour à Belle-Rose, elle cherche un moyen de se canaliser. Elle prend son sac à dos, le vide, s'empare de son carnet de notes, le blanc que Maud lui avait offert pour qu'elle y inscrive ses idées de chorégraphie, transforme ses maux en mots de papier. Elle tourne les pages avec nostalgie, relit les mouvements, les imagine.

Un rêve d'avant. Futur évanoui, volé par les mains qui s'en sont prises à Maud.

Je peine à me concentrer
Un être accidenté
Mon présent est devenu nuit
Mon corps sans appui
Ma mère s'est figée
Pour tenir son cœur torpillé
Mon père se cache
Tant son visage le blesse
Tant ses expressions ne seront plus
Celles de l'enfant disparue
Juste Les siennes

Supplice

Je ne veux plus m'occuper
Ni danser ni rêver
Je veux le retrouver et le tuer
Œil pour œil
Dent pour dent

*

Luce part enquêter, découvrir ce que chacun des villageois a fait ce soir-là. Elle commence par Patrick, ami d'enfance de son père, bientôt la cinquantaine, le guide local musclé au charme baroudeur. Elle sait qu'il tient une liste des touristes mises dans son lit. Patrick chasse les montagnes comme les femmes.

Quand elle entre dans sa maison en pierre, une des rares de Belle-Rose à être restée ainsi, il l'accueille en peignoir blanc, plutôt fier que gêné.

– C'est ton père qui me l'a donné, excédent de commande. Pas mal, hein ?

Il se vautre sur son canapé.

– Qu'est-ce que je peux faire pour toi ?

– Me dire ce que tu faisais le soir où ma sœur a été tuée.

Il se redresse, surpris.

– Te moque pas de moi, Luce, tu penses quand même pas que j'aurais pu… enfin…

– Tu faisais quoi, Patrick ? Simple question.

– J'étais dans la vallée… avec une femme.

La cicatrice au-dessus de son sourcil gauche ne danse plus. Elle s'est statufiée, comme Patrick dans son peignoir. Et Luce s'en satisfait : être une jeune femme de dix-sept ans d'un mètre cinquante-huit ne l'empêche pas de prendre le dessus. Preuve en est : Patrick se lève, s'empare de son portable sur lequel il pianote, et le place devant son nez.

– Samantha, rue de l'Isle, appelle-la si tu veux vérifier. Même si la gendarmerie a déjà dû s'en charger.

– Compte sur moi.

Elle note le numéro, le remercie, et s'en va.

Dans le village devenu gris, elle arpente les sentiers en aval de la grand-rue et interroge les habitants qui l'accueillent désolés. Tous feignent d'être anéantis, esquivant les questions qui fâchent : les *Vous avez vu ma sœur dehors ? Vous avez vu quelqu'un rôder ? Vous avez un différend avec mes parents ? Qu'est-ce que vous pensez du Douglas ? Vous êtes jaloux de la réussite de ma famille ?* Personne n'ose se la ramener. Tout le monde joue le jeu de la compréhension et de la fausse compassion. Hervé, comptable râleur, confie qu'il était avec sa femme devant leur série ; Antonia qu'elle dînait chez les Patron ; Dali avec Marie-Claude ; Michèle qu'elle discutait avec Maddy de la dernière acquisition de madame Bérard, un robot cuiseur de plus de cinq cents euros.

– Tu te rends compte, elle a dépensé cinq cents euros ! J'en...

Luce ne la laisse pas terminer, elle ne veut pas en entendre davantage.

*

Elle a tout consigné dans son carnet blanc. Ils se taisent mais elle a senti l'odeur des secrets, palpé les portes condamnées et les sas de sécurité. Elle fera tout ce qu'elle peut pour casser les verrous. Elle trouvera qui et pourquoi. En attendant, elle ouvre la fenêtre de sa chambre pour respirer et rafraîchir sa peau brûlante.

Quelqu'un va m'aider
Qui vit là depuis toujours
Qui n'a plus rien à perdre

T'en penses quoi, Maud

Elle se tourne comme si sa sœur était dans la pièce. Elle s'empare d'un dé posé sur son étagère, le fait rouler le long de ses doigts. C'était le dé gri-gri de Maud, celui qu'elle s'était fabriqué deux ans auparavant lors de sa phase artisanat. Elle avait même rencontré un franc succès sur le marché de l'Abreuvoir qui réunit les cinq villages de la vallée. Après deux sessions, elle avait décidé que c'était fini, que ce n'était pas son truc. Elle avait gardé son dé dans un coin, en souvenir, et Luce s'était précipitée pour le récupérer avant que la gendarmerie ne mette tout sous scellés.

Ce dé a des A et des V gravés sur toutes les faces.

A pour action.

V pour vérité.

Si seulement il avait le pouvoir de remonter le temps et de redistribuer les cartes de l'avenir. Si seulement il y avait d'autres nuits avec Maud.

*

* *

L'obscurité a englouti Belle-Rose. Maud se faufile dans la chambre de Luce, une ablette échappée du chalut. Elle s'assoit en tailleur sur son lit et lui montre son dé avec un sourire malicieux. Celui de l'enfant qui tutoie les limites. Pour lui faire plaisir, Luce s'empare du dé et l'envoie au sol le plus loin possible. Elle obtient un A. Action.

Maud jubile et Luce enchaîne.

– Alors, quel est mon défi ?

– Hm… Laisse-moi réfléchir. Je sais ! Tu vas lancer des pétards chez le Maudit.

– T'es pas bien, personne va chez le Maudit !

– Justement, si on allait voir par nous-mêmes ce qui se passe chez lui. T'as peur ou quoi ?

– J'ai pas peur ! Je dis simplement que c'est pas une bonne idée. Si les parents l'apprennent…

– Allez, viens !

Maud et Luce préparent leur sac à dos avant de s'y rendre. Avec leurs vieux pétards et leur lampe de portable, elles traversent la forêt bleu nuit. Les feuilles bruissent, les branches craquent. Il fait bon d'avoir peur. Il fait bon d'avoir treize et quatorze ans. Maud prend la main de Luce, exaltée par leur équipée interdite et ce moment inédit.

Vingt minutes d'ascension plus tard, elles aperçoivent le fort du Maudit. Enfin, sa cour murée avec sa maison, son atelier et une grange au fond. La grille centrale est ouverte. Toute leur enfance, elles ont été bercées par les histoires du Maudit. Parfois même, elles l'ont croisé. Été comme hiver, il porte un bonnet de marin et une boucle d'oreille dorée. Il se la joue matelot alors qu'il passe ses journées à soulever et transporter des grumes.

Ça les a toujours amusées.

Maintenant qu'elles sont dans la cour et s'approchent de sa porte, leurs rires s'évanouissent. Elles se fixent en silence. C'est ouvert et Maud fait signe à sa grande sœur d'entrer.

– Vas-y d'abord. C'est toi qu'as lancé le dé.

Maud enclenche le mode vidéo de son téléphone pour archiver leur exploit. Après un échange de regards mi apeurés mi complices, Luce entre chez le Maudit, suivie de Maud. Elle parvient jusqu'au salon, s'empare de son briquet et allume les mèches des pétards. Ça crépite. Elle lâche tout.

La déflagration du siècle.

Maud jubile. À l'étage, elles entendent le Maudit se réveiller en sursaut et dévaler les marches. Maud déguerpit, persuadée que sa sœur la suit.

Mais Luce n'arrive pas à bouger.

Ses pieds sont collés au sol et ses yeux fascinés par les bibliothèques qui courent sur tous les murs du salon et que les pétards ont révélées. Elle compte les livres, tic réflexe, le nombre de livres sur une rangée, le nombre de rangées multipliées par le nombre de bibliothèques. Tac-Tac-Tac. Neuf-cent-soixante livres. Elle calcule, se remémore le nombre de pas de l'entrée au salon, vingt-deux, et le Maudit surgit sur sa droite, fusil de chasse en mains.

– Qu'est-ce que tu fous chez moi ?... J'ai dit qu'est-ce que tu fous chez moi ?

– Pardon.

Luce lève les bras et le Maudit a l'air aussi surpris qu'elle. À cause de sa voix. Frêle comme un murmure. Elle donne aux autres l'impression qu'elle va se briser en mille éclats avant la fin de sa phrase.

– Je peux baisser les bras ? Je m'appelle Luce. Et vous, c'est quoi votre vrai nom ?

Elle n'en mène pas large. Elle n'imaginait pas le Maudit si grand et si imposant. Dans la pénombre, il semble mesurer au moins deux mètres pour cent kilos de muscles. Elle se détourne pour revenir sur les bouquins et découvre une guirlande de citrons en plastique suspendue à une étagère. C'est étrange et délicat à la fois.

– Pourquoi vous avez accroché des faux citrons ? Pourquoi vous avez autant de livres ?

Son père le lui a appris, *Si tu veux quelque chose dans la vie, faut y aller. Personne ne le fera à ta place.* Mais le tiroir à paroles du Maudit est coincé Dieu sait où. Il s'avance et elle remarque la couleur de ses iris, un marron cuivré presque brique. Elle lui repose ses questions, plusieurs fois, sur les citrons en plastique, les livres, elle a du mal à lire, comment il fait, lui ? Elle meuble pour habiller le vide et rassurer le silence. Il soupire en grimaçant, croit peut-être qu'elle se moque de lui, vu les rumeurs.

Certains disent qu'il a tué un troupeau entier avec ses dents parce qu'un berger l'aurait regardé de travers, d'autres qu'il erre la nuit pour épier les gens dormir, comme son père alcoolique avant lui, d'autres encore que c'est un damné qui parle tout seul depuis que sa sœur est morte. C'est Maud qui le lui a raconté. Tous s'accordent pour soutenir que c'est un poissard, que si tu t'approches, tu peux être contaminé.

Longtemps, les habitants ont même essayé de le chasser à coup d'animaux morts devant sa porte. Leur père en tête.

Loupé
N'empêche y a qu'une devise
À Belle-Rose
Fuir l'Eau Rouge et le Maudit

Petits et grands

Si vous le croisez

Fuyez

Le plus dingue avec les ragots
C'est qu'on ne sait pas
Qui sont les plus tarés
Ceux qui racontent
Ou les autres

Devant moi
Le Maudit reste mutique
À respirer comme un bœuf
Fusil en joue
T'inquiète le Maudit
Tu peux lâcher ton fusil
J'ai pas envie d'être ton amie tout de suite
Je ris et ça le sèche
Peut-être même qu'il est surpris
Après tout
Je suis entrée chez lui
Sans invitation
J'ai lâché des pétards

L'ai réveillé au milieu de la nuit
Et voilà que je fais de l'ironie

Petits et grands

Si vous le croisez

Fuyez

Ça tombe bien
Il lâche son fusil
Et me raccompagne vers la sortie

À l'abri des pins, Luce retrouve Maud qui l'enlace de toutes ses forces.

– T'as cru que j'allais mourir ou quoi?

Maud desserre son étreinte et retrouve sa légèreté feinte d'adolescente.

– Nan… Je sais bien qu'on est immortelles.

Sur le retour, entre deux rires de décompression à revivre leur aventure, Luce songe au Maudit et à ses faux citrons. Elle s'est sentie bien chez lui, pourquoi tout le monde le déteste autant? Lui et ses yeux brique. Il y a quelque chose dedans qui ne ment pas. Qui la rassurerait même.

Comme un oiseau qui vole au cœur de l'orage.

*
* *

Seule dans sa chambre traversée par le vent, Luce lance le dé de Maud. Sur le rebord de sa fenêtre, un A. Action. Elle ferme les yeux et écoute.

Il n'y a rien. Aucune voix.

Que du vide sans couleur.

Et un A.

Je veux le retrouver et le tuer
Quelqu'un va m'aider
Qui n'a plus rien à perdre

L'homme aux citrons en plastique

*

Elle se tient debout derrière la clôture de pierre. De là où elle se trouve, des sons métalliques résonnent, un mélange d'appareils électroniques et de raffut de tôles.

Il doit être dans son atelier.

Comme la première fois, elle décide d'entrer par la grille ouverte et ne s'en étonne pas. Pourquoi le Maudit prendrait-il le temps de la fermer alors que personne ne vient jamais le voir?

Elle s'avance, sans se cacher, sûre d'elle. Elle entre. 1-2-3

– Bonjour!

Il scie et son *bonjour* est noyé dans le bruit. Elle recommence. 1-2-3

– Bonjour!

Cette fois, il l'aperçoit et s'arrête. Elle embraie.

– J'ai besoin que tu m'aides à trouver qui a tué ma sœur.

– …

– S'il te plaît.

– C'est le boulot de la gendarmerie… Pas le mien.

– Je peux pas attendre ! Je sais que c'est quelqu'un d'ici. T'es le seul qui peut m'aider.

– Pourquoi je suis le seul à pouvoir rendre service alors que personne ne m'aide jamais ?

– Je suis pas comme eux.

Luce se rapproche de lui. Il est si grand qu'elle se hisse sur la pointe des pieds, et la tête en arrière, elle plonge ses yeux déterminés dans les siens.

– Je peux pas rester là sans rien faire, tu comprends ? Et toi, tu sais tout. Personne vient jamais te voir, mais tu les as tous à l'œil.

Elle guette une réponse, un signe, sauf qu'il s'écarte d'elle et reprend son travail sans un commentaire. Il scie. Elle reste calme, offensive, se colle à lui, car elle sent que sa présence le déstabilise. Elle est petite et le haut de son crâne arrive à hauteur de son aisselle, ses yeux au niveau de son torse. Elle sort son carnet blanc et le lui plaque sous le nez.

– Je veux connaître leurs secrets. Ce sont tous des menteurs. T'es le seul qui fait pas semblant, le seul en qui je peux avoir confiance.

Quand il entend ce mot, *confiance*, il se tétanise. Il la contemple, son gabarit poids plume, sa voix en écrin de verre, son visage candide, il pourrait céder. Mais quelque chose se produit, un bourdonnement dans sa tête qui lui fait brandir son bouclier. Il s'avance et elle recule, trois pas en arrière. Il reprend son ouvrage tandis que la colère de Luce gronde, un volcan sur le point d'entrer en éruption. Les mots sont prêts à être crachés, des projectiles brûlants.

Il est parmi nous
Se tait
Et ça me rend dingue le Maudit
De savoir que quelqu'un porte
Un masque
Un faux visage
Qu'il ment par tous les pores
Devant nous

L'assassin sait
Et je déteste ce mot d'assassin
Qui ne dit pas le chaos
Ni la banalité du mal
Les coups sourds portés
À l'abri des regards
Sous les toits
Autour d'une bonne table
Ou le long d'un sentier

L'homme qui tue
Ne devrait avoir droit
À aucun mot

Que du silence

Luce se convainc que le vécu du Maudit les rapproche, que leurs souffrances construisent un pont sur lequel ils vont se rencontrer. Mais le Maudit prend son morceau de tôle découpé et le jette dans sa benne. Comme si personne n'était là. Les joues de Luce s'enflamment.

– Je reviendrai tous les jours s'il le faut, je m'en fiche des rumeurs et des autres. Je te demande juste de m'aider. C'est trop dur pour toi, c'est ça ? Tu veux leur donner raison, les laisser croire que t'es qu'une bête de malheur ? Ça te plaît cette place qu'ils t'ont donnée ? Le Maudit du village ! Celui sur lequel on projette tous ses mauvais penchants ?

– …

– Ça te rend pas malade d'ignorer ce qu'est arrivé à ta sœur y a trente ans ? Moi je veux pas être la sœur de la morte !

Sa phrase fuse dans l'air. Il doit la recevoir comme une balle en plein cœur parce que maintenant, il se dresse devant elle telle une montagne noire.

– Qu'est-ce qui te dit que je sais pas ? Va-t-en.

Luce, les yeux-furies, ne bouge pas. Elle doit être plus solide. Plus obstinée encore.

J'hésite plus
Je cours dans sa maison
Entre dans son salon
Ressors avec son porte-clés en bois
Un porte-clés en forme de clé
Couillon je pense
Et je crie
J'emprunte ton camion

Couillon
Il ne bouge pas
Dans sa tête ça tourne
Un lave-linge de pensées
J'arrive au camion
Garé juste devant sa fenêtre
Je cherche la clé
M'assois
Mets le contact
Le Maudit rapplique
L'air soulé
Super énervé
Il grimpe à mes côtés
Ouvre la portière
Coupe le contact
Je le défie
Il voit le feu dans mes pupilles
Je remets le contact
Avise le serpent tatoué sur sa main
Il coupe le contact
Je le remets
Coupe   Remets
Coupe   Remets
Un jeu
Un fox-trot
Et les sourires fusent
Éclaircie au milieu de la tempête
Le mien d'abord
Celui du Maudit ensuite
Discret

Un pincement
Il saisit le porte-clés-clé
Et pour la première fois
Sa voix se calme
Je peux rien pour toi
Je le supplie
Me plaque contre lui
Serre mes bras autour de sa taille

Un monde

S'il te plaît le Maudit
M'abandonne pas

*

Il lui a préparé un chocolat chaud dans une tasse avec une frimousse coquine d'épagneul breton. Il n'y a que des tasses bleues dans sa cuisine et il lui en a donné une avec un chien. Ça la questionne : est-ce qu'il a cru que l'animal allait la consoler ?

Elle prend une gorgée, c'est réconfortant le chocolat, et sans qu'elle le prévoie, alors qu'elle contemple la fumée s'échapper, le Maudit lui parle, des mots bien assis entre des trous d'air pour qu'il respire.

– Ta sœur et la mienne ont été retrouvées au même endroit, ça veut pas dire que c'est pareil. Pour Elsa, c'était une ordure de passage… Un homme qu'a été arrêté au Danemark pour d'autres meurtres…

– Je croyais qu'il avait jamais avoué pour ta sœur.

– C'est lui.

– Comment tu peux en être si sûr ?

– Si c'était quelqu'un d'ici, je l'aurais su.

Leurs regards s'écharpent. Elle est persuadée qu'il la jauge de ses yeux inquisiteurs. Est-ce qu'il lui donne un surnom, questionne sa loyauté ? Elle ne veut pas trancher, pas tout de suite, elle se plonge dans les cercles de son chocolat lacté pour y deviner son avenir.

– Après la mort de Maud, tout le monde s'est mis à parler du meurtre de ta grande sœur Elsa. Seize ans, morte comme Maud *a priori*. Pour moi, c'était une histoire de plus parmi toutes les autres du folklore local. J'en avais pas vraiment entendu parler vu que j'étais pas née. Alors j'ai lu sur internet, les articles, les témoignages, l'écharpe ayant servi à l'étrangler qui n'a jamais été retrouvée, et ça m'a frappée : la photo de ta sœur, blonde avec une queue de cheval fluette, joyeuse, les yeux clairs. Robuste. Nos sœurs avaient le même âge et se ressemblaient beaucoup. Forcément, ça interpelle.

– Tu fais fausse route. Ça a rien à voir. Je suis désolé pour toi.

Luce se lève, sûre de ce qu'elle avance.

– Et si c'était pas un type différent ? Le meurtrier pouvait avoir quel âge à l'époque ? Entre quatorze et soixante-dix ? Aujourd'hui il aurait au moins quarante-deux... Ça en cible plusieurs, tu crois pas ?

Crissement de chaise et raclement de gorge. Il se lève d'un coup, ne la laisse pas finir, il ne veut pas entendre les noms cités, raviver l'ébranlement, la quête désespérée. Il a mis des années à s'enraciner à nouveau, à tout planifier pour que sa vie tienne en place, accrochée aux cordes de l'habitude comme une voile à un vieux mât.

– T'as rencontré les amis de ta sœur ?

– Je connais que leurs prénoms. Je suis en internat sport-études toute la semaine à cent cinquante kilomètres d'ici.

– Peut-être qu'elle avait rendez-vous avec l'un d'eux ce soir-là. Peut-être que c'est pas du tout ce que tu crois. Quand t'as fini tu t'en vas.

Il sort et la laisse seule avec sa tasse épagneul breton. En touchant ce chien mal dessiné, avec la peinture qui s'écaille, la tristesse grandit en elle comme une tache noire. Une flamme à l'envers. Elle se sermonne : c'est de ma faute, si j'avais pas été obsédée par ma danse, mon audition, ma danse, si j'avais été une grande sœur pour une fois, juste une fois, Maud serait toujours là. Mais j'ai été moi, et Maud n'est plus là.

Elle lance le dé gri-gri sur la table du Maudit.

V. Vérité.

Elle espionnera tous les habitants de Belle-Rose s'il le faut, elle n'aura pas peur. Comment peut-on avoir peur quand on n'a plus rien à perdre ?

Boucle éternelle

Sortir la colère
La tristesse le dégoût
Au milieu des pins
Et des fougères

Pieds nus

Comme Avant

Danser
Remonter le fil
S'habiller de « et si »

Comme Avant

Maud est-elle avec toi
Oui papa

Je répète et compte mes pas
Maud s'ennuie

Pas de sortie ce soir, compris
Notre père insiste avant de partir
Dans trois semaines l'audition
Si je réussis
J'intègre la compagnie des Météores

La meilleure des meilleures

Tu fais attention à ta sœur
Oui papa

Je répète et
La porte grince
Maud fait le mur
C'est pas grave une porte qui grince
Ni une petite sœur qui fait le mur
Les petites sœurs reviennent toujours

D'habitude

Danser
Oublier
Effacer les rêves
Toronto
Les Météores

Danser
Sortir la colère
La tristesse et le dégoût
Au milieu des pins

Et des fougères

Pieds nus

Comme Avant

Mon corps se bloque
Robot rouillé
Les arbres outrenoirs
Rient dans la nuit

Mes pieds piquent brûlent
Les merles sifflent
Je suis rouille et rage

Mon corps se bloque
Tombe

Le Maudit doit m'aider ou je meurs
Enfoncée dans les feuilles
Moisissure sans avenir

Matthias

La concentration l'a quitté et il est parti rouler. Pour réfléchir, se détendre, s'annuler. Au volant, il se noie dans les paysages, voyage dans le ventre des montagnes et le rictus des virages. Il se sent appartenir tout entier au monde végétal malgré la machine, vivre avec lui, au rythme du vent et des nuages. La fenêtre abaissée pour se maintenir en alerte, il se répète que le bonheur peut encore lui sourire comme à un pionnier, qu'Elsa l'a quitté pour un pays à l'adresse inconnue, qu'elle veille sur lui et qu'elle n'est pas seule.

Quelle douce illusion. Tout le monde le trompe depuis tant d'années.

Même la route.

Elle le laisse croire qu'il se déplace en maître, domine sa destinée et éloigne la malédiction alors que le théâtre cruel de son enfance se rejoue sans cesse. Avec des aimées qui disparaissent, des traîtres qui l'encerclent, et lui qui se tait pour ne pas nourrir leur méchanceté.

Deux heures plus tard, le soleil décide de céder sa place à la nuit dans une explosion de lueurs crépusculaires. Il s'arrête sur une aire d'autoroute et contemple le champ voisin. Au milieu, quatre pinsons s'envolent. Libres et unis. Il inspire, gonfle ses poumons pour faire grandir sa vie à l'intérieur.

Belle-Rose est aussi mon lieu
Ma chambre
Je garderai la main
N'attiserai pas de nouveau feu
Transformant la terre en cendres
Je ne serai pas la main
Par laquelle les aimées meurent
Et les vivants pleurent

Luce

Elle coupe des légumes et expulse un peu de sa colère. Chaque heurt du couteau sur la planche en extrait un concentré, si mince que la surenchère du suivant ne suffit pas à la calmer. Le Maudit a raison sur un point : Maud est sortie ce soir-là. Pour quoi faire? Voir quelqu'un? Se promener seule avec son casque sur les oreilles? Prendre des photographies? Sauf qu'elle n'avait pas emporté son appareil.

Officiellement, elle n'a croisé personne de Belle-Rose. Et officieusement?

Des amies de Maud lui ont écrit sur les réseaux sociaux pour partager leur tristesse, lui confier que sa sœur avait l'air *sympa, qu'ils auraient aimé la connaître mieux.* Elle s'est sentie encore plus coupable, à ne pas savoir qui était qui, à qui Maud se livrait, avec qui elle passait du temps. L'une de ses copines, Billie, lui a avoué que Maud se trouvait isolée. Une naufragée sur son île déserte, celle qu'elle imaginait cachée quelque part entre son nombril et son dos, une île beaucoup trop étroite pour une seule personne.

Leur mère aime répéter qu'on ne peut avoir que trois véritables amis : un pour rire, un pour pleurer, et un pour débattre. Billie devait être l'amie pour pleurer. Qui étaient les deux autres?

Est-ce qu'ils existaient ou est-ce qu'ils manquaient ? Luce ignore tout d'eux, sa sœur ne s'étendait jamais, elle prétendait vouloir conserver son jardin secret et Luce le respectait. Chacune sa vie. Luce l'extravertie, Maud l'introvertie. A-t-elle eu tort d'accepter cette répartition des rôles ?

Elle ne tient plus et appelle la capitaine Rossi.

Pas de réponse.

Elle ne sait plus comment s'occuper, bute contre les murs, recommence, un rat qui n'apprend pas, jamais, recommence.

*

Pour rester debout dans ce temps court aux allures d'éternité, elle optimise chaque instant, laisse traîner ses oreilles, consigne tout, fait bonne figure. Et quand elle ne supporte plus de recevoir les voisins et leurs condoléances mensongères, elle retourne dans le fort du Maudit. Elle s'y réfugie comme on fuit le blizzard. Elle veut qu'il l'aide à savoir.

Matin et après-midi, elle emprunte le sentier de terre derrière Le Douglas. Le terrain du Maudit se situe dans les hauteurs, il lui suffit de grimper à travers la forêt pour parvenir jusqu'à son antre, sa zone, délaissée par les autres.

À force, elle connaît le chemin par cœur.

Là-bas, tout est silence
Réconfort
Comme si la nature elle-même
S'était couverte de plumes

Tout le monde sait qu'elle traîne là-haut. Elle le devine aux insinuations d'Hervé, aux regards paternalistes de Dali ou aux soupirs d'Antonia. Personne n'est dupe, sauf ses parents. Cette désobéissance affichée lui plaît.

Lorsqu'elle arrive chez le Maudit, elle fonce à l'atelier déblayer les tôles sans lui demander son avis. Elle a compris que ce tas de ferraille dormait là depuis des décennies et qu'il ne fallait pas poser de questions. À chaque fois qu'elle débarque, il commence par pester, un souffle grincheux coincé dans sa gorge. Puis il la tolère, et dans le calme cerclé de crissements de ferraille, ils font équipe.

*

Après avoir déjeuné avec ses parents, joué à la vie, elle retourne à l'atelier malgré le réveil de la pluie. Le Maudit n'y est pas. Elle entre sans frapper dans sa maison et le trouve assis dans son fauteuil, un livre en main dont elle peine à déchiffrer le titre.

– Je suis prête à poursuivre. Tu viens ?

Le Maudit émet son souffle grincheux et tourne une page. Luce comprend le message et repart. Au bout de quelques minutes, elle décide de se rendre à l'Eau Rouge qui est revenue à son niveau le plus bas. Elle se poste devant la colline aux papillons avec ses bottes rouges et son anorak violet. Seule.

J'aimerais être une fille dessinée
La création d'un artiste en devenir
Pour m'enfuir et qu'il puisse
Changer l'histoire

Dire aux enfants
Ce n'est pas vrai tout ça
On ne peut pas mourir étranglée
Dans une rivière où l'on s'amuse
On ne peut pas être tuée
Non bien sûr que non
On meurt quand on est vieux
Vieux-vieux
Que les rides nous creusent tellement
Qu'on décide de s'endormir dedans
Pour toujours

J'aimerais être une fille dessinée
La création d'un artiste en devenir
Pour m'enfuir et qu'il puisse
Chérir la fiction
Maquiller les haines en amour
Les souffrances en exaltations
Les tirs meurtriers en éclats de rire
D'un bal fabriqué sur mesure

J'aimerais être une fille dessinée
La création d'un artiste en devenir
Pour m'enfuir et qu'il puisse
Indiquer à l'Histoire un autre chemin
Que les enfants sachent
Qu'on ne peut pas mourir étranglée
Dans une rivière où l'on joue
Non bien sûr que non
On meurt quand on est vieux

Vieux-vieux
Que les rides nous creusent tellement
Qu'on décide de s'endormir dedans
Pour toujours

Elle pense à toutes les traces que la pluie va laver. Diluer. Pourvu que la capitaine Rossi ait prélevé tout ce dont elle avait besoin pour l'enquête. Elle et sa cinquantaine avaient l'air rodé, rompues à l'exercice. Pourtant, la confiance de Luce trépasse.

Matthias

Il se rend à l'épicerie pour acheter du lait, du chocolat et du pain. Il prend son courage à deux mains, inspire avant d'entrer et de faire sonner la clochette de la porte vitrée. La mère de Dali, Marie-Claude, siège à son emplacement habituel, postée à côté du comptoir et de son fils comme une statue. Depuis son fauteuil roulant, elle surveille les rayons vides comme une maître-nageuse une piscine peuplée. Matthias la salue, elle ne le remarque pas. Il s'enfonce vers la droite, croise Patrick et son corps de sportif qui le dévisage. La haine sur la peau. Celle que le village revêt depuis tant d'années comme un manteau d'épines sans qu'il ne comprenne pourquoi. Est-ce que la méchanceté finit toujours par se transformer en coutume ?

Il passe au comptoir. Dali, l'air fier de celui qui n'a jamais eu à se battre pour sa place, tape le montant des articles jusqu'à ce que le total s'affiche. Entre eux, il n'y a que des sons faisant office de mur : le bip électronique des touches, les cliquetis de la monnaie déposée sur le plateau, et les bruits de mastication de Marie-Claude. Matthias ne peut s'empêcher de penser : comment ce garçon dévoué peut-il jouer le jeu du plus grand nombre sans sourciller ?

Une fois dehors, il va pour respirer mais trébuche et s'étale de tout son long. Un rire éclate dans son dos, celui de Patrick, satisfait de son croche-pied. Dali arrive au galop tandis que Matthias se relève sans se retourner.

Luce

En retirant ses bottes dans l'entrée privée du Douglas, elle prend conscience que c'est le week-end, samedi. Et le samedi, dès dix-neuf heures, c'est la soirée de ses parents. Depuis dix-sept ans qu'ils vivent ensemble, il n'y a pas un samedi soir qu'ils ne passent pas tous les deux. C'est leur pépite à eux.

Ce soir pourtant, quand l'horloge du salon sonne sept coups, sa mère s'installe dans le canapé et allume la télévision en se frottant le nez plusieurs fois avec le bout de ses doigts, son geste réflexe de suricate quand elle est gênée. Son père embrasse Luce sur le front et signale sa sortie par une porte claquée.

C'est bizarre
Cette dérogation sans commentaire
Ni geste tendre
Envers ma mère

À y réfléchir, Luce ne se souvient pas de la dernière fois où ses parents se sont touchés depuis la mort de Maud, un contact simple, une peau qui en effleure une autre. Une chaleur qui se communique. Pendant le déjeuner, leurs regards s'évitaient et disparaissaient dans des soupirs aux allures de reproches. Elle animait la conversation pour ne pas sentir, dans l'air, les mots séquestrés.

Comme le jour où elle avait annoncé à son père qu'elle ne deviendrait pas astrophysicienne, son premier rêve d'enfant, vu son aisance atypique en mathématiques et en physique. Elle avait changé d'avis, considéré les statistiques : elle avait plus de chances de danser sous les étoiles que de les approcher en vrai.

*
*   *

La voix de Paul fait trembler le rayon de soleil couché sur la table.

– Dis pas de bêtises, Luce ! Les maths n'ont aucun secret pour toi !

– Je vais m'inscrire en sport-études, papa. J'aimerais juste que tu signes mon dossier avec maman.

– Sans moi.

Maud baisse les yeux et Nora intervient.

– Paul, réfléchis-y au moins. Pourquoi pas ? Notre fille a un don. Tout le monde s'accorde pour le dire.

Paul frappe la table. Les verres et les cœurs tanguent.

– Reste à ta place, Nora, tu veux.

– Pardon ? J'ai pas quitté ma famille de machos pour me mettre en couple avec un autre. T'es pas le seul à décider ici.

Paul se lève et sort.

Nora, Luce et Maud se taisent, complices dans le silence. Elles savent, au fond, que Paul vit l'annonce de Luce comme un désaveu. Son audace le provoque. Elle lui renvoie en miroir le fait qu'il n'a jamais osé vivre son rêve, un rêve gardé secret dans un sas intérieur.

Quand la tension retombe, Nora entre dans la chambre de Luce et signe son dossier pour son cursus sport-études danse. À cent cinquante kilomètres de Belle-Rose.

*

* *

Nora avait soutenu sa fille, et Paul avait abdiqué. Mettre au placard ce qui lui déplaisait, après un bon coup de colère, il savait faire. Comme là, parti seul un samedi soir.

*

Le sol a séché dans la nuit à une vitesse record. Luce aimerait retourner chez le Maudit. Mais ce matin, elle doit se coltiner Maddy et son cake à la rhubarbe. Son père n'a rien osé dire quand elle a sonné. Depuis, il fait semblant de ranger ses figurines en bois. Sa mère converse avec le vide. Maddy ne remarque pas qu'elle dérange. Elle est à son aise dans le canapé et brandit une photographie qu'elle a retrouvée. Dessus, quatre garçons de toutes les tailles en pleine forêt, souriants et impatients de reprendre leur escapade. Il y en a deux grands, et deux petits aux gabarits de Laurel et Hardy.

– Tu savais, Luce, que le Maudit était très ami avec ton père quand ils étaient enfants? Ils suivaient Patrick et Dali partout, c'étaient leurs modèles comme ils étaient beaucoup plus âgés. Qu'est-ce qu'ils ont fait comme bêtises pour leur plaire! Puis ton père et le Maudit se sont fâchés. Et Paul a fait les quatre cents coups…

– Pourquoi ils se sont fâchés?

– Il était déjà inquiétant. Pas comme ton père. La rock star de Belle-Rose !

– Maddy, s'il te plaît, intervient Paul.

– C'est vrai, les bêtises que tu nous as faites ! Déjà à la maternelle, t'étais un sacré garnement.

– Et le Maudit ?

– Lui... Ça a toujours été un enfant triste... et bizarre.

– Arrête avec tes histoires, Maddy.

La phrase de son père glace l'ambiance. Luce est intriguée par cette implication soudaine. Son père part vers la cuisine et elle en profite pour chuchoter à l'oreille de Maddy.

– Bizarre comment ?

Maddy, avec cette jubilation des aînés investis d'une mission, partage un épisode lointain de vie scolaire.

– J'avais distribué des feuilles aux enfants pour qu'ils fassent leur autoportrait. C'était un exercice qu'ils aimaient bien, qui permettait de travailler sur le cadre et l'observation. Le calme résonnait dans la classe, les pinceaux s'agitaient. Je suis passée derrière eux, et j'étais émue de voir toutes les belles couleurs qu'ils utilisaient. De l'orange, du rouge, du vert. Quand je suis arrivée au niveau du petit Matthias, c'était sombre. Son portrait ressemblait à une pelote de laine emmêlée. Grise et noire. Je lui ai demandé si c'était lui qu'il avait représenté comme ça. Il m'a répondu "C'est le garçon gribouillis. Je l'ai dessiné pour qu'il arrête de nous embêter". Je n'en ai pas su plus, car après, la sonnerie a retenti et il n'a plus parlé.

– Personne d'autre était au courant ?

Maddy hausse les épaules.

– Si tu veux mon avis, il a tué sa sœur et ses parents l'ont protégé pour ne pas perdre un deuxième enfant. Sa tête ne fonctionne pas comme la nôtre.

– Tu la connaissais Elsa ? Tu l'as forcément eue comme élève ?

– Ça… oui…

Alors qu'elle s'apprête à dérouler une histoire semblable à aucune autre sous les yeux curieux de Luce, Paul apparaît dans le salon avec sa veste en cuir sur le dos, prêt à raccompagner Maddy.

MATTHIAS

LA CHALEUR SE VEUT ENVAHISSANTE, les nuages discrets. Après sa livraison, il a repris son déblayage.

Avec Luce, revenue sans lui demander son avis.

Ils viennent de charger les dernières tôles sur la remorque et elle retire ses gants de protection. Il l'observe sans s'appesantir, elle et son air pensif. Quand ils reviendront de la décharge, à trente kilomètres, il mettra un terme à cette cohabitation absurde qui ravive les haines endormies et la violence qu'il a fuie.

À côté de lui dans le camion, elle a l'air encore plus juvénile. Elle a dix-sept ans et en paraît quatorze. Elle va pour toucher la vieille montre en argent accrochée au rétroviseur central et il l'interrompt.

– Laisse ça.

Elle sursaute et retire sa main.

– Désolée. C'était à quelqu'un de proche ?

– Hm.

– C'est pas une réponse ça, Hm.

– C'est la mienne.

– Tu lis plein de bouquins, de la poésie même, mais tu grognes et tu dis Hm !

Il ne répond rien, et comme elle ne supporte pas son silence, elle l'attaque.

– T'étais copain avec mon père quand t'étais petit. Pourquoi ça s'est terminé ? Pourquoi tout le monde te déteste et raconte de drôles d'histoires sur toi ? C'est toi le garçon gribouillis ?

D'un coup sec
Je passe la première et me tais
Comme la montagne

Il se crispe car elle parle sans discontinuer, faisant fi de ses signaux. Ça le déconcentre. D'habitude, il conduit dans un silence religieux. C'est comme ça qu'il sait faire, pas avec quelqu'un qui empile les mots comme un jeu de badaboum, faisant les questions et les réponses.

– Je voulais devenir danseuse. Tout ce que je faisais c'était pour ça. Quand je dansais, j'avais plus peur de rien. Maintenant, j'y arrive plus. Je suis obligée d'être moi et c'est tellement lourd à porter que j'arrive plus à bouger.

– T'épanche pas, tu veux.

Au moment où il prononce ces mots, il les regrette. Luce reste muette tout le trajet, perdue dans son siège. Pareil quand ils ont terminé de décharger la remorque.

Pour la première fois, le silence le gêne.

Arrêtés à la station-service pour remettre de l'essence, Luce ne cille pas, ne parle pas, ne soupire pas. Leurs deux corps sont assignés à résidence avec interdiction d'entrer en contact. Il descend et place le pistolet dans le réservoir. Il hésite, puis ouvre la portière côté passager.

– Descends… On va déjeuner.

Les yeux de Luce s'étonnent.

– Six cents litres, ça prend du temps à remplir.

Il fait signe au pompiste de prendre la suite et Luce lui emboîte le pas.

Dans le restaurant-grill attenant à la station-service, les regards se braquent sur eux.

Un ours au bonnet de marin et une brindille colorée.

Chacun choisit son plat, Matthias règle, et l'un derrière l'autre, ils vont s'asseoir à une table de douze près d'une fenêtre. Après quelques minutes, Luce se remet à parler. Elle commente amusée les démarches des gens autour et leur façon de manger.

– On peut en savoir beaucoup sur une personne rien qu'à sa façon de marcher ou de mâcher, tu trouves pas ? On vit dans un zoo. En fait, on est un théâtre d'animaux.

Le *théâtre d'animaux* le cueille si bien qu'il lâche un gloussement. Ce son de basse-cour les surprend tous les deux. Ils piquent un fou-rire nerveux, irrépressible.

Celui des épuisés.

Celui qui brise les armures.

À cet instant, Matthias imagine sa sœur sous les traits de Luce. La rébellion comme seconde peau. Elsa non plus n'avait pas peur de déplaire, elle voulait vivre aussi fort qu'elle criait, ne voulait pas qu'on l'assigne à une place qu'elle n'avait pas choisie, elle voulait être de toutes les places et de toutes les vies, profiter de chaque vibration d'air, libre et insoumise.

Mais Elsa n'est plus là.

*
* *

Tous me dévisagent
Ma mère m'emmène
Là-bas – Ici
Les salles et les couloirs
Ont beau changer
Le blanc est partout écœurant
Ils veulent pas comprendre
Répètent
Comme des perroquets
Ça va passer
J'ai rien contre les perroquets
Mais rien va passer
Je veux plus parler
J'ai huit ans et
Je parlerai plus
Ils peuvent dire des mots compliqués
Des mots de docteur
Que je comprends même pas
Mutisme – sélectif – transitoire
Je veux plus parler
Mon père m'insulte
Et ma mère a plus de larmes
Pour me border le soir
Elle a déjà trop pleuré
Elle se ride
Un océan se dessine sous ses yeux

Un jour elle va s'y noyer
Et disparaître pour de bon
Elle part tôt et revient tard
Même à elle
J'arrive plus à parler
Mutisme – sélectif – transitoire
On dirait une vieille chanson
C'est ça
Je suis devenu une vieille chanson
Que même les vieux veulent plus
Écouter
Je suis le petit frère
De plus personne
Je me tais
Pour être plus personne
Et doucement
Me détacher des autres
Mutisme – sélectif – transitoire

*

* *

De retour à Belle-Rose, il a hâte d'aller se reposer. La nuit tombe et il salue Luce.

– Je veux pas rentrer. Viens le Maudit.

Elle file dans un coin de sa cour et allume un feu avec les branchages qui traînent. Elle est rapide, efficace, et elle lui indique de s'asseoir par terre. Il obéit, s'installe, les genoux repliés sous le menton.

Un golgoth.

La dernière fois qu'il s'est mis dans cette position, c'était avec Elsa.

– J'en peux plus d'attendre, de pas savoir ce qui s'est passé. La presse ressasse les mêmes informations. La capitaine me répond pas. Je l'appelle, lui écris et, à chaque fois, je reçois un texto préenregistré : « Je ne suis pas disponible. Je vous rappellerai. »

Matthias fixe les flammes qui vibrent. La grange en arrière-plan se floute. Ils sont seuls dans ce monde irréel. Luce est si droite qu'il pourrait croire qu'un marionnettiste a glissé un fil le long de sa colonne vertébrale pour la maintenir ainsi.

Vivante, mais cassée.

Seules ses lèvres dansent dans la nuit rouge. Sa voix remplace celle du vent.

– Je me suis pas assez intéressée à ma sœur. Je connaissais rien d'elle. Que la surface. Alors que c'était mon rôle de la protéger. J'aurais dû…

– Tu peux rien contre les hommes.

– Vraiment ?... Je l'ai pas aimée comme il fallait.

– Ça aurait rien changé.

– Qu'est-ce que t'en sais ? Je sais pas aimer… J'ai même jamais été amoureuse. Je pense qu'à moi, tout le temps !

– T'as la vie devant toi, Luce.

– T'as déjà aimé, toi ?

– Une fois.

Dans le crépitement des flammes, il se souvient de son aimée, maladroite et rassurante, quand ses serpents débarquent dans une cavalcade sonore, ils grimpent le long de ses tibias, lui rappellent sa place, celle du Maudit au bonheur interdit. Sa respiration se raccourcit, ça siffle à l'intérieur de lui.

Dans ma tête
Une ronde de sœurs
Maud   Elsa
Maud   Elsa
Luce se lève

Rouge avec le feu
Furieuse et sans nuance
Tranchée et incandescente

D'où tient-elle cette force vive
Celle qu'elle importe chez moi
Tous les jours
Celle qu'elle fait pousser
Et me confie comme un trésor
Elle met de la musique
Des accords vifs
De piano et de violoncelle
Elle déplie ses mains
Bat du pied droit
Tourne et relève ses bras en V
Un aigle déployant ses ailes

Les secondes s'arrêtent
Le rapace devient vague
Luce danse

Sans cadenas
Elle s'élève et tressaille
Tremble et s'effondre
Pour renaître
Phénix oublié
Quand ses deux bras à nouveau se rencontrent
Ils s'étirent dans les airs
Vers les cimes ou les cieux
Ils cherchent une issue
Un refuge
Loin du monde et des brutes
Ces bras-là
Ils éclairent mes ténèbres
Entre deux cris
Deux rires
Et pour la première fois
Mes serpents prennent peur

Elsa me l'avait dit
Les feux sont magiques
Ils tissent des liens invisibles

Des corridors de fraternité

*

Il la fixe depuis dix minutes. Elle s'est recroquevillée sur elle-même.

– Il va falloir que tu rentres. Tes parents vont s'inquiéter.

Elle tourne la tête vers lui.

– J'ai perdu ma foi le Maudit. La violence du monde a gagné mon corps. Il est désaccordé. À chaque tentative, je me sens jetée en pâture aux carnassiers. Ça commence bien, puis l'instant se dérobe sous mes pas, je vois Maud qui flotte, et mon corps se bloque. Rouillé comme toute la tôle dont on s'est débarrassés.

– Ça passera.

– Non, si je connais pas la vérité.

– Si je t'aide, on va ouvrir des boîtes de Pandore. T'es sûre que c'est ce que tu veux?

Au milieu de tout ce chaos, elle et ses yeux-pluie ne peuvent réfréner un sourire.

– Par quoi on commence?

Luce

Le Maudit la conduit dans la vallée, et c'est un soulagement. Elle s'enfonce dans le siège pour s'immerger dans le décor environnant. Un vieux sac, ou plutôt, une brindille qui pèse une tonne.

Une brindille morte.

Elle colle sa tête contre la vitre. Les paysages défilent, puissants, ancrés. Tout le contraire d'elle. Elle se dit que vu d'en haut, le vent doit balayer les sapins comme si rien ne s'était passé, comme si rien n'avait changé à Belle-Rose. Les hommes meurent, la nature perdure. Ceux qui restent poursuivent leurs activités en oubliant que leur passage sur Terre est temporaire, ils s'accrochent à leur routine, la normalisent pour ne pas chuter. La vie continue autour des drames, et plus bas dans la vallée, les travailleurs s'affairent, comme d'habitude. Ils embrassent leurs enfants prêts à grimper dans le bus scolaire, montent au volant de leur voiture, rejoignent leur commerce, leur usine ou leur bureau. Comme d'habitude. Peut-être que cette force-là, celle qui maintient les choses à leur place, malgré les tempêtes et les fléaux, finira par la rattraper elle aussi. Depuis Maud dans l'Eau Rouge, elle a le sentiment d'être une fille penchée. Peut-être qu'avec le temps, elle retournera au lycée, aux cours de danse et aux rêves. Comme d'habitude.

– Il y a deux semaines, Maud a exposé ses photographies chez une amie de notre mère.

– Hm.

– Elle avait pris Belle-Rose sous toutes les coutures et réalisé des portraits des habitantes. Tu savais? Il y a de magnifiques photos de Maddy, de Marie-Claude, d'Antonia, de notre mère.

– Dali a encadré une photo de Marie-Claude au magasin. C'en est une de Maud?

Luce acquiesce, et elle repense à la joie de sa sœur avant le vernissage, si fière de ce qu'elle avait accompli, et si heureuse de se rapprocher de leur père par cette passion qui fut la sienne. Luce avait été éblouie par les clichés, ceux de leur mère qui pose de face, avec des vêtements colorés et son regard vif porté au loin. Dans le hall du Douglas, dans l'une des chambres, dans la cuisine. La chaleur au corps dans un décor muet. La femme domestiquée par son travail.

Ceux de Marie-Claude étaient tout aussi étonnants. Maud lui avait consacré beaucoup de temps pour révéler l'enfant derrière la peau plissée, les rides sur son visage dessinant une autre qu'elle. Grâce aux photographies, Luce avait vu Marie-Claude plus jeune, valide et provocatrice, pleine d'un entrain généreux. Marie-Claude s'était observée, depuis son fauteuil roulant, émue et reconnaissante. Est-ce qu'elle repensait à sa vie d'avant? Avant de monter sur un escabeau pour ranger les conserves au magasin, de glisser et de mal tomber? Une chute banale qui avait implanté en elle un vieillissement accéléré. Maud disait que ses besoins s'exprimaient parfois par cris, comme si les mots désertaient les langues lorsque les corps n'étaient plus capables de tenir debout, d'escalader, de sauter, de tenir tête. Sa petite sœur avait réussi son exposition.

– Notre père n'est pas venu et Maud en a été super triste. Je crois que c'est pour lui qu'elle avait tout organisé, pour exister à ses yeux.

– Ton père a ses humeurs.

– Comment ça ?

– Laisse tomber.

– Non, c'est trop tard, dis.

Il ne peut plus reculer.

– Ton père adorait ma sœur. Elle jouait souvent avec nous et inventait des jeux. Un jour, elle a fait venir un copain. Tim. Un garçon de la vallée qui s'était débrouillé pour prendre le bus et venir jusqu'ici. Ton père est resté muet tout l'après-midi, jaloux qu'elle ait de l'attention pour un autre. Quand Elsa a eu le dos tourné, il a mordu Tim et l'a menacé pour qu'il ne remette plus les pieds ici. Tim est parti. Jamais revenu.

– Vous étiez des enfants. Comment Elsa a réagi ?

– Elle nous a laissés dans notre coin quelques jours pour nous faire comprendre qu'on avait dépassé les bornes.

Luce se redresse sur son siège. Elle ne répond rien mais sait. Son père porte un masque comme personne. Il y a des zones d'ombre en lui qu'il ne partagera jamais.

*

Devant la gendarmerie, elle rassemble son courage et entre, déterminée à obtenir des informations. En traversant le hall, elle bloque sur le panneau des disparus : une majorité de femmes et d'enfants. Elle regarde leurs visages, ces vies suspendues et peut-être volées à cet instant même. Elle s'arrête sur une jeune femme aux cheveux blonds comme Maud et Elsa, cachée derrière les autres.

Oubliée.

Elle se tourne et contemple celles et ceux qui sont assis à attendre.

À quelques mètres de moi
Une femme se courbe
Des bleus sur les bras
Une autre fixe le plafond
Égarée

Combien sont-ils

À donner des coups
Ici et ailleurs

Combien sont-ils

À nous faire plier sous les griffes
Et les caresses

Si les chiffres devenaient cris
Par des haut-parleurs émis
Seraient-ils davantage entendus

La question n'est plus
Combien sont-ils
La question est quand

Quand va-t-on allumer nos regards
Et faire cesser le vacarme

Luce s'approche de l'accueil et un jeune gendarme l'informe que Rossi n'est pas là, qu'elle la contactera, qu'il faut qu'elle arrête de venir.

– Non.

– Comment ça, non ?

Elle le crie, en continu, un *non* viscéral pour réinjecter de la justice dans cette réalité chaotique. *Non.* Attirée par le bruit, la capitaine finit par se montrer. Avec ses cheveux roux vif, elle la toise, saoulée de la découvrir debout à créer un raffut indigne de sa gendarmerie. D'un geste de la main, elle ordonne. Le jeune gendarme laisse passer Luce.

Son *non* vient d'être pris en compte.

– Il faut que tu nous laisses travailler. Une enquête, ça prend du temps.

Luce la fixe, et c'est un abîme que Rossi doit percevoir derrière ses iris, des crêtes acérées et des montagnes brûlées.

– Dites-moi quelque chose, je vous en supplie.

– Je ne peux pas. On avance… sur une piste crédible.

– Et le bracelet-étoile de ma sœur, vous l'avez retrouvé ? Elle le portait, j'en suis persuadée.

Rossi réfute, implore sa confiance. Cette investigation, elle en fait une affaire personnelle. Elle a débuté sa carrière ici, avec le meurtre d'Elsa Hénin, et elle a toujours voulu revenir. Elle y a ouvert un livre qu'elle n'a jamais refermé. Et comme un signe du destin, alors qu'elle a été réaffectée ici pour terminer sa carrière, quelqu'un a décidé d'écrire une nouvelle page. Avec un autre corps.

Elle raccompagne Luce dehors. Matthias attend à quelques mètres. Rossi n'a pas besoin d'une seconde de plus pour le remarquer.

– Matthias Hénin ?

*

Dans les rues bétonnées, Luce avance seule et vite. Le Maudit a préféré rester dans son camion le temps qu'elle rencontre Billie, l'amie de sa sœur avec qui elle avait échangé.

Elle la retrouve dans un café aux couleurs si chaudes qu'elles la dérangent. À la table près de la vitre, une jeune femme patiente. Des cheveux noirs et un nez en pointe.

– Salut je suis Luce. T'es Billie ?

– Oui, merci d'être venue. Je suis désolée de ce qu'est arrivé à ta sœur… de tout.

– Vous aviez quelle relation toutes les deux ?

– On était meilleures amies… avant que ça commence.

– De quoi tu parles ?

– Bah tu sais… le harcèlement.

Elle la regarde, aspirée par le souffle de l'annonce.

Précipice

Cris sourds

Candeur démolie

Morte dans l'œuf

Coquilles éclatées

Comment ai-je réussi
　　　　　　À ne rien voir

Comment ai-je réussi
　　　　　　À échouer
　　　　　　Et creuser

Sans m'en apercevoir

Mon précipice

Ma crevasse étoilée

Luce

Elle a recommandé une boisson. Bille lui a tout partagé, les photos, les mots, les anecdotes. Par sa franchise, elle a eu l'impression de se racheter.

– J'ai cru que ça allait se tasser. Je pensais pas que ce serait de pire en pire…

Billie ne parvient plus à retenir ses larmes.

– Je me suis rassurée en me disant qu'elle avait son ami à Belle-Rose, celui à qui elle se livrait et qui était là pour elle.

Luce bloque.

– Son ami ? Elle t'a dit qui ?

– Je sais juste que c'est un homme, et qu'il est plus âgé.

Matthias

Il se concentre sur la route, Belle-Rose est proche. Luce se tortille dans tous les sens. Elle s'agite, tape, si bien qu'il est obligé de s'arrêter sur le bas-côté pour la faire sortir.

À l'air libre, elle explose. Elle lui ressort tout sans respirer. Sa sœur harcelée dans tous les recoins du lycée, les couloirs, la cantine, les toilettes, le bus, harcelée jusque chez eux sur les réseaux sociaux, elle n'a rien vu et cette ignorance la brise, pourquoi les gens ont besoin d'un ennemi pour se sentir exister, comme les habitants de Belle-Rose avec lui. Elle n'a rien vu, ne s'est intéressée ni à sa photographie, ni à cet ami à qui elle se confiait, parce qu'il n'y avait qu'elle, elle et sa danse !

– C'est à moi qu'elle aurait dû parler ! J'ai été une grande sœur en dessous de tout. Putain d'égoïste !

Il l'observe, elle cogne tout ce qui se trouve sur son passage, pneu, arbres, panneau, elle ne contrôle plus rien, tout remonte comme une lame de fond, elle hurle de sa voix qui ne sait pas hurler, et elle se rue sur lui en pleurant, le frappe, balance ses pieds et ses mains.

– Pourquoi elle et pas moi ? Pourquoi ?

Il encaisse sans répondre, elle fait tonner ses poings, une danse chamanique, et soudain, il la soulève du sol et la serre. Les pieds de Luce lévitent à quarante centimètres. Il la regarde de ses yeux brique qui ne mentent pas.

– C'est pas de ta faute ce qu'est arrivé à ta sœur. C'est pas de ta faute.

*

Quand ils entrent dans Belle-Rose, tous les villageois sont là de part et d'autre de la grand-rue. Il coupe le contact. Une pierre cogne la carrosserie. Puis une deuxième. Les uns après les autres, les habitants encerclent le camion pour l'empêcher de repartir. Luce, encore sonnée, se tourne vers lui.

– Tu les laisses faire?

Il hausse les épaules et se tait. Comme la montagne.

– La meute contre le Maudit, c'est ça? Ils s'accrochent à cette exclusion comme des fanatiques et toi tu l'acceptes?

Patrick lance un *maintenant*, et tous commencent à taper le camion en criant. Un haka qui le glace, sans issue. Luce sort en furie. Lui, il reste dans le camion, sa respiration s'accélère. Ça siffle. Son cœur d'ours s'emballe. Les voix lui parviennent dans un écho déformé. Celles de Luce, Patrick, d'Antonia, Hervé et des autres. Elles ne chuchotent plus, elles vocifèrent. *Va-t-en! Laisse-la tranquille! Espèce de taré! Assassin!* Sa portière s'ouvre, Luce bondit à l'intérieur et lui prend les mains.

– Défends-toi, le Maudit! Défends-toi!

Ça tangue, ça tonne. Il regarde Luce, essaie. Il puise en lui une force inconnue, car s'il s'écoutait, il partirait en pleurant. À la place, il s'extraie du camion et brandit sa main.

Bouffée d'air
Parle
Bouffée d'air
Parle

Partez
Si vous ne voulez pas
Que je vous maudisse
Partez

Tous reculent. Sauf Patrick l'enragé, toujours là pour se la ramener et prouver à la terre entière sa témérité.

– Laisse Luce, c'est une gamine. On veut pas d'une troisième morte dans l'Eau Rouge.

– Lâche-moi, Patrick, je fais ce que je veux ! réplique Luce.

Dali, force tranquille, apparaît à ce moment-là. Binôme de Patrick, fidèle au poste.

– Ton père serait pas content d'apprendre que tu traînes avec lui.

– Parce que tu vas le prévenir ? Comme un bon ami ? Vous avez rien de mieux à faire tous ?!

Elle rugit pour les effrayer comme un fauve affamé, et Matthias l'accompagne. Deux fous.

– Barrez-vous !

La meute se dissipe et le Maudit remonte dans son camion. Blessé, essoufflé, et moins seul.

Luce

Le jour vole à la nuit ses dernières couleurs. Assise en tailleur en pleine forêt, elle observe les nuages se déplacer à vive allure comme s'ils étaient pourchassés. Ils se suivent au-dessus des montagnes, guetteurs de paix et bâtisseurs de rêves. Ils laissent au temps sa place de maître cruel et aux êtres le soin de mesurer leur innocence perdue.

Elle griffonne dans son carnet blanc, dessine un monstre à deux têtes, avec celle qui agit et celle qui regarde. Les deux visages du mal. Il faut toujours un autre, se dit-elle, un témoin et complice pour donner au mal son droit d'existence. Aussi longtemps que les hommes seront des êtres de désir, il leur faudra un bouc émissaire. C'était ça, le harcèlement de Maud, son silence, son repli. C'était ça, les villageois en cercle autour du camion, le Maudit immobile. Quoi de mieux pour unir les apeurés, les lâches, les désœuvrés.

J'imagine

Les cailloux quotidiens
Les messages d'horreur

Répétés dans la peur
Le Maudit enfant et ma sœur
Qui rapetissent
Sous les mots-couteaux
Des groupes tueurs à pas sourds

J'imagine

Les scènes cruelles
Sidérée que personne
Ne s'impose
Sidérée que personne
N'ose
Constatant que c'est trop
Pour un cœur d'enfant
Un cœur d'humain
Pourquoi sommes-nous incapables
De vivre en frères
En sœurs
Le Maudit m'a lu ce poème
Après notre soirée au coin du feu

« Vivre comme un arbre, seul et libre,
Vivre en frères comme les arbres d'une forêt,
Cette attente est la nôtre »

Pourquoi avons-nous besoin
Depuis la nuit des temps
D'un ennemi   Un seul
Le bouc

Émissaire de nos tourments
Miroir de notre impuissance

*

Quand elle rentre au Douglas et pousse la porte d'entrée, sa mère se tient face à elle, les bras enlacés autour d'elle-même.

– La capitaine Rossi m'a téléphoné. Il faut que tu arrêtes d'aller là-bas tout le temps. Ils progressent.

– Tu sais sur quoi ?

Elle se jette sur sa fille et l'embrasse avec frénésie.

– Pardon de ne pas avoir été là pour toi... Pardon.

Luce se recule, guette la suite qui ne vient pas.

– Tu savais ou t'as rien vu toi non plus ?

Nora, les yeux brillants, secoue la tête.

– J'ai rien vu... J'ai pas su la protéger.

– Est-ce que Rossi croit que c'est lié au harcèlement ? Ils ont arrêté quelqu'un ?

– C'était une fausse piste. Je ne sais rien de plus à part qu'ils avancent.

Nora s'effondre.

– Cette attente est insupportable.

Luce aide sa mère à se relever, l'accompagne sur le canapé et la prend dans ses bras.

*

Dans la matinée, elle enfile ses tennis et part courir. À petites foulées, elle emprunte le chemin de terre reliant l'hôtel à la rue principale. Seule. Elle bat le bitume, passe devant l'église. Seule. Elle tente d'inspirer et d'expirer, approche de la supérette de Dali avant de se stopper net pour observer sa moto noir mat garée juste devant. Celle-ci a le réservoir enfoncé et le phare avant cassé.

Ça s'emballe dans sa tête.

Elle oublie le calme revenu en elle après la tempête. Et si – ? Et si Maud avait oublié quelque chose chez Marie-Claude et Dali ? Ses écouteurs ? Elle y avait passé des heures ces derniers temps. Elle y est peut-être retournée ce soir-là. Et si Dali était de sortie, il lui avait peut-être demandé de passer pour s'assurer que sa mère allait bien ?

En revenant, pressé, il n'a pas vu Maud marcher sur la grand-rue, de nuit on ne voit pas grand-chose, et Maud n'a pas dû l'entendre avec son casque sur les oreilles, et lui avec sa moto qui trace, il l'a peut-être percutée ? Après ça, le compte à rebours était lancé, et Dali n'est pas un fuyard. En tant qu'ancien militaire, la loyauté est son étendard. Il a vu le corps mort de sa sœur sur la route, inerte et lourd, bientôt froid comme de la viande, il a peut-être songé un court instant à se dénoncer, à assumer, mais il a sa mère à charge, il ne pouvait pas faire ça, alors il l'a porté à la rivière pour effacer ses traces, il a reproduit le meurtre d'Elsa qui avait terrassé Belle-Rose et il est retourné nettoyer le sol pour que personne ne sache.

Jamais.

Elle pénètre dans la supérette, elle fait tinter la clochette de la porte vitrée et ce trémolo sonne comme une provocation, pareil à l'air de l'homme à l'harmonica dans *Il était une fois dans l'Ouest*. Elle incarne sa version 2.0, la femme à l'harmonica. Elle le dévisage, comme si c'était lui l'auteur du tsunami qui a ruiné leurs vies.

Je l'observe dans son magasin
Serviable
Bien sous tous rapports
J'aimerais lui sauter au cou
L'étrangler
Avec une bonne impulsion
Je pourrais serrer fort
Enfoncer mes mains
Il tomberait à la renverse
Un boum massif et

– Luce ? Ça va ?

– J'ai vu que ta moto était abîmée. T'as eu un accident ?

– Je me suis pris un rocher. C'est pas passé loin.

– Quand ?

– C'est un interrogatoire, bichette ? T'as pas fini ton tour du village ?

Luce reste concentrée, elle veut le démasquer, et lui retourner son *bichette* d'un bon revers.

– Tu m'as pas répondu, Dali, c'est quand que t'as failli mourir ?

Cette fois-ci, son visage se ferme.

– De quoi tu m'accuses, Luce ? Tu penses que je te mens, moi ? C'était y a cinq jours, peut-être six. Quelle importance ?

Il change d'attitude, dévie la conversation.

– Il faut que t'arrêtes de traîner avec le Maudit. C'est dangereux.

– Pas besoin de tes conseils. Merci.

– Luce, ça tourne pas rond dans sa tête ! Patrick, ton père et moi, on le connaît depuis qu'on est nés. Déjà dans sa famille, ça tournait pas rond. Et lui, il a disjoncté.

L'entrée joyeuse de madame Bérard vient couper court à leur échange.

– Bonjour tout le monde!

– Je dis ça pour toi, Luce. Je veux pas qu'il t'arrive malheur. J'en ai vu des déséquilibrés à l'armée, je les reconnais.

Luce se satisfait que le sort n'ait pas laissé à Dali l'occasion de poursuivre les histoires qu'il lui a déjà racontées cent fois. Dali file s'occuper de sa cliente et Luce se retire au pas de course.

Matthias

Il est en pleine session de coupe quand elle débarque essoufflée. Elle s'empresse de sortir son carnet blanc en parlant plus vite que son souffle. Elle le pose sur son plan de travail, sous ses yeux, et elle dessine un croquis de la moto avec les endroits précis où elle a été abîmée.

– Ça a pu se passer le soir où Maud a été tuée. Marie-Claude a écrit à la gendarmerie qu'elle était avec son fils à la maison, mais elle pourrait avoir menti pour le couvrir. C'est ce que font les parents, ils protègent leurs enfants quand ils le peuvent, non ? T'en penses quoi ?

– Je s…

Soudain une voix
Dans notre dos
Un écho du passé

– Tout le monde ne parle que de ça au village. La petite Luce qui traîne avec le Maudit et pose des questions dignes de la gendarmerie.

Luce, enfant prise en faute, se rebelle.

– Et alors, c'est interdit, papa ?

– Je ne veux pas que tu t'approches de lui, ni de cet endroit. C'est la mort qui rôde ici.

Matthias ne bouge pas, voir Paul dans son atelier lui paraît irréel. Luce s'approche de son père à la mâchoire serrée. Ses dents grincent.

– On rentre. Tout de suite.

Luce se braque.

– Pourquoi ? T'as peur ?

– On rentre. M'oblige pas à le répéter.

– Pourquoi tu veux pas que je reste ? Qu'est-ce qu'il t'a fait à part s'être retrouvé orphelin de sœur… comme moi ?

Il la saisit par le bras.

– Pourquoi tu m'écoutes pas ?!

Elle se débat, appelle le Maudit à l'aide. Incapable de les rattraper pour les séparer, il les regarde partir, accrochés l'un à l'autre comme une créature maléfique, la trahison de Paul encore à vif.

*

* *

Il a rendez-vous dans leur quartier général. Paul, qui a fêté ses neuf ans la veille, lui a promis qu'ils allaient renforcer leurs frondes pour jouer aux bûcherons de l'extrême, son jeu préféré. Avant de quitter sa chambre, il vérifie plusieurs fois qu'il a tout pris : gourde, élastiques et cailloux. Il se dépêche car il est un peu en retard. Il descend le flanc de la montagne vers le Grand Cembro, le nom qu'ils ont donné au pin centenaire qui leur sert de QG.

Quand il y arrive, il s'étonne de ne pas voir son ami. À la place, il y a Dali, seize ans, et Patrick, quatorze ans, des mines de bandits moyenâgeux. Patrick est celui qui lui fait le plus peur à cause de sa cicatrice au-dessus du sourcil. Il est capable de tout pour prouver sa force. Il se montre en pinçant sa bouche déjà pincée si bien que Matthias ne la voit même plus. Dali a les bras croisés.

Heureusement, Paul apparaît. Il se met en ligne à côté d'eux. Matthias ne comprend pas, il tente d'aller poser ses affaires au pied du Grand Cembro quand les trois garçons se prennent par les bras pour l'empêcher de passer. Matthias sort des sons étouffés.

– Hm… Hm…

Patrick et Dali ricanent de ses borborygmes.

– Vas-y, petit Paul.

Et le *petit* Paul, si fier d'être considéré par les deux grands, pousse Matthias pour qu'il tombe, s'en aille, disparaisse de leurs vues. Matthias voudrait lui dire, qu'est-ce que tu fais ? Pourquoi tu me repousses ? Sauf que les sons ne se forment pas et Paul en profite.

– Toi et moi on est plus copains, jamais de la vie je serai le copain du frère de la morte.

– Mes parents disent que t'es maudit, poursuit Patrick.

– Et le reste du village aussi ! rajoute Dali.

– Hm… Hm…

Paul appuie son front contre celui de son ancien ami.

– Même qui paraît que c'est toi qui l'as tuée ta sœur, t'es le dernier à l'avoir vue vivante et comme t'es gros, elle devait être facile à noyer. Elle a dû pleurnicher pour pas que son petit frère la tue. Oh non… Matthias me tue pas…

Les ricanements de Dali et Patrick se transforment en cris de hyènes dans ses oreilles.

– Oh non… Matthias me tue pas…, répète Paul. En plus maintenant que tu parles plus, t'as l'air encore plus débile qu'avant. Viens plus ici, t'as compris ! C'est notre QG !

Ils le poussent, Matthias résiste, les yeux humides d'un chagrin qui n'en finit plus, puis il abandonne et se laisse rouler le long de la montagne. Sa peau saigne de partout. Pas à cause des branches, mais de leur haine.

*

* *

Luce

Au rez-de-jardin du Douglas, Paul ouvre un tiroir de son bureau en bois, immense par rapport à la taille de la pièce.

– C'est Dali qui t'a rancardé, c'est ça ? Tu lui as demandé ce qui était arrivé à sa moto ?

Paul tape des deux poings sur la table.

– Arrête avec ça, Luce ! La moto, c'est moi. Le soir où Maud a été tuée, ta mère et moi on n'est pas allés à la soirée. On s'est disputés, elle est rentrée. J'ai emprunté la moto de Dali pour faire un tour. J'avais besoin de bouffer de la route. Je me suis pris une putain de pierre et la moto a ripé contre la rambarde.

– Pourquoi t'as rien dit ? Pourquoi vous me cachez des choses avec maman ?

– T'avais pas besoin de savoir que ça allait pas entre ta mère et moi. Ça te va ? Maintenant regarde.

Dans son tiroir, des centaines de photos, bien rangées par piles avec une date au-dessus. Paul cherche une photo en particulier. Quand il la trouve, il la pose. Luce y voit deux gamins qui fanfaronnent avec des branches dans les mains et des plumes sur la tête sous le regard amusé de deux ados. Elle reconnaît tout de suite son père, au premier plan. Dali sur la gauche, avec les cheveux qu'il n'a plus, et Patrick sans sa barbe, le double de la taille de Paul. À droite, Matthias, un visage rond et joyeux qui contraste avec la bête de muscles taiseuse qu'il est devenu.

– Comme t'a dit Maddy, jusqu'à huit ans, avec le Maudit, on était les meilleurs amis du monde. Toujours fourrés l'un chez l'autre. Juste après la mort d'Elsa, ça a basculé.

– Ça fait pas de lui un homme à fuir.

– Le lendemain de l'enterrement, je suis allé le chercher pour jouer. Cette après-midi-là, il était différent, quelque chose s'était cassé dans sa tête. Il était torse nu et parlait à des habits étendus au sol : un pantalon rayé, un tee-shirt gris, un chapeau de paille, et des tessons de bouteille qu'il avait dû installer pour reproduire les mains et les pieds d'un corps humain. Il tapotait le visage imaginaire de sa créature avec un bâton en répétant : "Eh, Face de Poubelle, tu fais moins le malin maintenant!" Je me suis caché pour l'observer. Il a continué : "T'es un garçon gribouillis de malheur! Va-t-en! Maudite Face de Poubelle! Laisse-nous tranquilles!" Ensuite, il m'a repéré et a couru vers moi en hurlant : "Qu'est-ce que tu fais là à m'espionner?" Il m'a foncé dessus, et comme j'étais surpris, je suis tombé à la renverse en me blessant au bras. Je me suis enfui, il m'a poursuivi : "C'est Face de Poubelle qu'a tué Elsa, c'est le garçon gribouillis!" J'ai raconté à Dali et Patrick ce que je venais de vivre. Ils m'ont dit que j'avais bien fait de me tirer. Après, Matthias s'est mis à parler tout seul, dans la rue, dans la forêt, comme un fou. Jusqu'au jour où il s'est stoppé. Plus un mot. Des sons étranges. Il a mordu Maddy au sang et a été exclu de l'école. Il faut que tu te méfies Luce, il est cassé cet homme-là, et ça le rend imprévisible. Tu saisis?

Je comprends
Que les croyances et les rejets
Tracent des sillons
Sur les peaux candides

Mon père cherche-t-il
À me protéger
Ou à m'entraîner avec lui
Dans son labyrinthe de haine

Pourquoi
Mon esprit résiste
Pourquoi grandir
Devrait mettre à mort les idéaux

Et les hommes

Luce se souvient de sa meilleure amie qui lui avait donné une fausse référence de musique pour qu'elle rate une audition qu'elles convoitaient toutes les deux. Elle s'en était indignée auprès de leur professeur de danse qui lui avait répondu :

– C'est dans l'ordre naturel des choses. Il faut t'adapter et grandir. Chacun cultive sa chance, les coups bas existent depuis la nuit des temps. Grandir, c'est voir les choses telles qu'elles sont et les tourner à ton avantage.

Luce a toujours refusé de céder aux forces lâches qui détruisent les solidarités.

*

Elle s'éclipse par la fenêtre pour retourner chez le Maudit et qu'il lui parle de Face de Poubelle. Il n'est pas là et son camion non plus. Par contre, sa maison est ouverte. Elle s'y aventure, emprunte les escaliers. Ils grincent, et chaque marche a un son propre, des graves vers les aigus. Leur chant la fait sourire.

À l'étage, elle allume. Dans la chambre, seuls un drap gris froissé et un oreiller fatigué recouvrent le lit. La fenêtre est fermée et une odeur de citron parfume la pièce. Elle s'approche de la table de nuit sur laquelle se trouve un livre. *Six personnages en quête d'auteur* de Pirandello. Elle l'ouvre et découvre le nom de jeune fille de sa mère sur la première page. Comment ce livre s'est-il retrouvé là ? Elle en tourne les pages aux passages soulignés, comme celui où le personnage du Père affirme :

« Eh oui ! Chacun d'entre nous, monsieur – extérieurement, devant les autres –, se drape dans sa dignité : mais, dès qu'il est seul avec lui-même, il sait bien tout ce qui, au-dedans de lui, se passe d'inavouable. »

Elle contemple son marque-page, une photo d'Elsa. La ressemblance avec Maud la frappe à nouveau et ses pensées se bousculent : ça ne peut pas être une coïncidence. Elle repense à ce courant d'animosité entre le Maudit et son père, elle l'a senti à l'atelier. Et si le Maudit avait décidé de se venger ? Et si elle s'était trompée sur toute la ligne ? Elle cherche une explication à ce qui n'en a peut-être pas, remarque une pochette rose posée sur une commode quand il entre dans la pièce.

– Qu'est-ce que tu fais là ? T'as cru que t'étais chez toi ?

Elle lui montre la photo d'Elsa et une autre de Maud sur son téléphone.

– Me dis pas que tu trouves pas qu'elles se ressemblent ?

Il lui arrache la photo d'Elsa et la remet à sa place.

– T'as pas à venir ici quand je suis pas là.

– Pourquoi t'as un livre qu'était à ma mère ?

Il ne dit rien. Luce soutient son regard.

– Est-ce que c'est toi ou ton garçon gribouillis qu'a tué ma sœur ?

– Dégage !

Il s'étouffe telle une bête blessée. Elle s'enfuit en courant. Comme son père, des années avant elle.

Matthias

SA COLÈRE NE TARIT PAS. Après avoir arpenté la chambre dans tous les sens, il se saisit de la pochette rose constituée par sa mère contenant les documents relatifs au meurtre d'Elsa. Il voulait la partager avec Luce. Trop tard. Il la range, vexé d'avoir cru pouvoir faire équipe. Il sort enchaîner les pompes dans la cour pour calmer sa détresse. Il en effectue une à la seconde. Son corps lourd paraît léger, agile, habitué.

L'enfant près de mon cœur
Pleure
D'avoir été accusé

Encore

Il était sorti du puits
Et la malédiction l'a frappé

Encore

Pourquoi elle se retire pas
Ronge la chair
Jusqu'à ce qu'il reste rien
Que des os

Des pieds s'introduisent dans son champ de vision et l'encerclent. Trois paires de godasses crasseuses. Il se lève et découvre leurs visages : Paul, Dali et Patrick. Le trio gagnant. Ils le vannent pour le faire sortir de ses gonds. Le provoquent. Il ne bougera pas. Il ne décrochera aucun coup.

– Vous êtes chez moi. Sortez!

Patrick parle le premier.

– Tu rêves… Face de Poubelle! La gendarmerie en a peut-être rien à faire de toi, mais pas nous.

Dali le toise et dégaine le premier. Coup de poing dans l'abdomen. Coup de pied dans le dos. Patrick enchaîne, coup de poing dans les cuisses. Paul le questionne.

– Est-ce que c'est toi qu'as tué Maud? Est-ce que t'as tué ma fille?

Matthias se plie sous l'assaut. Vers l'avant, l'arrière, l'avant. Un culbuto abîmé. Ils tournent autour de lui, trois hyènes affamées, la poussière du sol vole et le fait tousser. À tour de rôle, ils le battent pour le faire craquer et une voix dans sa tête surgit.

Matthias… Matthias…
Elsa?

Son corps encaisse, refuse de répliquer, déterminé à ne pas leur donner raison.

Matthias… défends-toi

Revenu du néant, il se redresse et cogne à son tour. Un ours gribouillis ou un ours tout court. Tête, buste, nez. Il n'entend rien sinon les percussions de ses poings sur eux. Tête, buste, nez. Il s'est transformé en bête.

– Arrête ! Matthias, arrête !

La valse virile s'interrompt. Luce est revenue. Luce a tout vu. Elle sait, maintenant, qu'il peut être cet homme-là. D'ailleurs, elle vient de l'appeler par son prénom pour la première fois. Il n'est plus un personnage mythologique, juste un homme.

Comme les autres.

Luce

Elle s'est planquée sous son drap comme lorsqu'elle était enfant. Le refuge infaillible. Là, aux confins de la nuit, elle imagine la vie qu'elle aurait eue si Maud était toujours là. Est-ce qu'elles seraient toutes les deux sous ce drap à se partager leurs peines ? Est-ce qu'elles prendraient le temps de se connaître, pour de vrai ?

Elle lance et relance le dé gri-gri, hantée par le doute.

*

Après une nuit blanche, elle se traîne jusqu'à la cuisine pour petit-déjeuner. Son père, un hématome sur le nez, est assis à la table ne regardant rien. Une tasse qui fut là, peut-être. Sa mère est debout, près de l'évier.

Digne.

Elle ne sait pas comment elle fait pour tenir. Elle a l'impression qu'elle s'est auto-accrochée à un cintre. Elle pose sa tasse et ça brise le silence qui les lie. Cette tasse posée, c'est un ordre. Rester droit pour ne pas partir en fumée. Son père a tout verrouillé lui aussi. Mâchoire tendue, tête penchée vers l'avant, tous deux pourraient être exposés au musée, tristesses de marbre figées dans l'irréalité. Elle les observe : ils sont restés là-bas, sur les berges de l'Eau Rouge, près de Maud.

La table vibre. Son père décroche comme un maniaque. Il écoute, longtemps, avant de se transformer en flaque. Il lâche son téléphone, attrape sa tête, et pour la première fois depuis dix-sept ans, depuis que Luce est née et qu'elle connaît cet homme qui change de masque comme personne, il pleure. Entre deux gémissements, il parvient juste à dire deux phrases en regardant Nora.

– Ils ont un suspect… Lui…

Sa mère se décompose. Ce *lui* étranglé veut tout dire. Les souvenirs et trahisons oubliés, brusquement déterrés.

Matthias

Il s'apprête à partir sur le flanc nord pour récupérer des grumes. Il a besoin de retrouver ses habitudes. Celles d'avant l'irruption de Luce dans sa vie. Faire table rase, ça le connaît. Il se prépare un déjeuner qu'il enfourne dans son sac, prend les clés de son camion et sort. Mais à peine a-t-il posé un pied sur le perron qu'elle pique sur lui avec sa chevelure rousse, raide et sèche comme de la paille.

Salomé Rossi
Rossi la Rêche

Derrière elle, il y a le jeune gendarme qui a l'air d'avoir douze ans. On dirait qu'il s'est déguisé pour une fête avec le costume de gendarme de son grand frère. Le vêtement l'habille mais lui n'habille pas du tout le vêtement. Il se tient en retrait. Pas comme Rossi qui s'approche en agitant son brassard. Ses oreilles se bouchent. Il reste bloqué sur ses ridules au coin des yeux, sa peau blanche ternie et ses deux narines-grottes. Sa tête n'imprime pas ce qu'elle braille, ses lèvres gesticulent dans tous les sens. Il essaie d'inspirer un grand coup mais deux clics tintent dans son dos et la voix de Rossi lui perce les tympans.

– Matthias Hénin, vous êtes en garde à vue pour le meurtre de Maud Ramos.

Je ne dis rien
Tombe

Quand il revient à lui, il a mal au crâne et ses mains sont menottées. Le visage de Rossi apparaît au-dessus du sien. Il se redresse, chancelle sous l'effet de son propre poids avant de se stabiliser et de baisser la tête.

J'attends que ça passe
Ça finit toujours par passer
Le temps objectif va défiler
Seconde après seconde
Minute après minute
Il va m'emporter avec lui
Quoi qu'il arrive
Et après
Ce sera fini
Ni mieux ni moins bien
Juste fini
C'est la malédiction qui veut ça
Jamais elle s'arrêtera

Rossi l'embarque dans le véhicule de la gendarmerie quand il entend des chuchotements dans son dos. Ceux des habitants de Belle-Rose venus assister à l'arrestation du taré. Ils sont tous là : Patrick, Dali, Maddy, Antonia, Hervé… tous venus l'observer comme des charognards. Il sait qu'il n'est pas Œdipe. Il aurait beau se crever les yeux en implorant leur pardon que ça ne changerait rien.

Il hausse les épaules et se tait.

Comme la montagne.

Son corps trop grand trop lourd trop tout se contorsionne pour entrer à l'arrière de la voiture, les jambes repliées jusqu'aux joues. Rossi soupire et claque la portière.

À travers la vitre, il les regarde. Parmi eux, il y a Luce et ses yeux-pluie.

*

*   *

Il est accroupi dans l'herbe sur un côté de la grand-rue, vexé d'avoir été moqué à l'école. Il joue avec un bâton et une femme à l'odeur citronnée traverse devant lui.

– Oh toi, mon bonhomme, t'as passé une mauvaise journée. Viens.

Il la suit, intrigué, jusqu'à son magasin. Cette femme, c'est Blanche, l'herboriste de Belle-Rose. Tout le monde la prend pour une folle tout en étant bien content de lui acheter des mixtures pour se sentir mieux. Sa boutique est un cagibi bordélique et un bonheur pour ses yeux d'enfant. Des plantes de toutes sortes, placées dans des bocaux en verre, garnissent des étagères qui tapissent les murs. Au centre, des feuilles de citronnelle infusent dans l'atmosphère un parfum délicat et réconfortant. Derrière le comptoir, une guirlande de citrons pendouille, et un rideau dissimule l'arrière-boutique. Matthias entend la vaisselle tinter avant de voir Blanche revenir avec deux tasses fumantes. Dessus, des épagneuls bretons malicieux.

– Tiens. Tu verras, après un bon chocolat, ça va toujours mieux.

Il hausse les épaules et plonge ses lèvres dans la boisson chaude. Il aspire bruyamment pour ne pas se brûler.

Une fois terminée, il reste assis là, sans un mot.

– Tu reviens quand tu veux mon garçon. Je te ferai un chocolat. Marché conclu ?

Elle lui tend la main et ça le réchauffe à l'intérieur.

*

* *

Ils roulent depuis dix minutes. Matthias observe discrètement Rossi dans le rétroviseur central. Il repère ses pupilles décrocher de la route et le zieuter. Elle ne peut pas s'en empêcher. Dans le silence de l'habitacle, le jeune lieutenant Aubert tousse pour obliger Rossi à se concentrer. Mais c'est plus fort qu'elle, elle se racle la gorge et lance :

– Qu'est-ce qui vous a décidé à reprendre l'entreprise de votre père ? Après l'incendie, il y avait tout à refaire.

Il ne répond pas. Il ne l'aidera pas à redorer son blason. Il la déteste. C'est pour ça qu'il est parti, l'autre jour, dès qu'il l'a vue sortir de la gendarmerie. Il la hait.

– Vous êtes en train de tout foirer. Comme pour ma sœur.

Elle se raidit.

– C'est pour elle que vous êtes resté ?... Ou pour eux ?

Le ronronnement du moteur envahit l’espace, creusant le fossé qui les sépare.

Luce

Dans la forêt, elle court. Elle voudrait tout détruire autour d'elle tant elle se sent humiliée. La capitaine leur a expliqué qu'ils ont dû attendre pour obtenir les résultats de l'autopsie, la faute à pas de chance, embouteillage et légiste en arrêt maladie. Luce slalome entre les arbres, se heurte aux branches qui l'écorchent en se répétant les mots de Rossi. Maud est morte par asphyxie, étranglée à mains nues. L'écharpe kaki a été positionnée sur son corps *post mortem*. Aucune trace d'eau dans ses poumons, Maud était morte quand son corps a été placé dans l'Eau Rouge. Morte. Tuée entre vingt-deux heures et une heure du matin. Restée quatre heures dans l'eau. Pendant ce temps, elle dansait. Aucune trace du bracelet-étoile. Luce court de plus en plus vite. Ils ont effectué des relevés d'ADN sur le cou et l'écharpe, ils ont trouvé une correspondance. Lui. Elle s'effondre dans l'herbe. C'est l'écharpe du Maudit. Il a menti quand il a été interrogé, nié qu'elle lui appartenait. Pourquoi ?

Est-ce que les blessures créent
Une fraternité sourde et aveugle

Est-ce que les blessures détruisent
Les lucarnes de lucidité

*

Elle se rend chez les amis de son père pour leur présenter ses excuses. Patrick, compatissant, lui sert un verre d'eau. Dali et Marie-Claude l'accueillent chaleureusement.

– Tu as déjeuné ?

– Non merci, j'ai pas faim.

– Comme tu voudras.

– Papa m'a expliqué pourquoi ta moto était abîmée. Je suis désolée de t'avoir accusé à tort.

– T'en fais pas ma grande. Avec la tragédie que vous traversez, t'as toutes les raisons d'en vouloir à la terre entière.

Luce entend les mastications de Marie-Claude. Manger est devenu une activité sonore et humide. Dali se lève pour aller chercher une autre serviette dans la cuisine. Marie-Claude se tourne vers elle et pose sa main frêle et froide sur la sienne. Elle la lui pince en grimaçant.

– T… d…

– Qu'est-ce que tu fais, maman ?

Marie-Claude, l'air hagard, regarde son fils de retour. Luce se redresse et les remercie. Elle ne veut pas les gêner davantage, surtout Marie-Claude. Elle sait que la mort de Maud lui a volé ses derniers mots.

Matthias

La salle d'interrogatoire ressemble à celle de son enfance. En plus sale. La capitaine aussi ressemble à celle de son enfance. En plus vieille. À part ses narines, aussi profondes qu'au premier jour.

*

* *

Elles sont deux face à lui qui est assis à une petite table pour enfants. Avec des feuilles et un pot de crayons de couleur.

– Comment tu t'appelles, mon grand ?

– Matthias.

Il regarde la dame aux cheveux flamboyants qui se penche vers lui. Sa frange est toute droite comme si elle l'avait coupée avec une règle. Elle a une grosse tête.

– Tu as vu ce qui s'est passé, Matthias ? Tu as vu quelqu'un avec ta sœur ?

Il ferme les yeux.

– J'étais caché derrière un arbre. J'ai vu personne.

– Pourquoi tu étais caché ? Tu avais peur de quelqu'un ?

– Nan pas du tout, on jouait à cache-cache.

– Et pourquoi tu fermes les yeux maintenant ?

– C'est vos narines.

– Mes narines ?

– Elles me font peur.

– D'accord. Tu peux rouvrir les yeux si tu veux, je vais cacher mon nez.

– Merci.

– Tu peux me dire si tu as entendu quelque chose qui t'a paru bizarre quand tu jouais avec ta sœur ?

– Je sais pas.

– Tu veux bien me raconter ce qu'il s'est passé… pour toi ?

– Ma sœur m'appelait. Je me suis blotti contre l'arbre pour pas qu'elle me trouve. Elle m'appelait très fort. *Matthias ! Matthias ! Matthias !* Ça m'a fait rire sa voix. Elle était bizarre. Plus aiguë que d'habitude. J'ai cru qu'elle faisait exprès pour me faire rire. Elsa veut toujours me faire rire. Et comme elle me trouvait pas, j'étais content. Elle s'est mise à siffler. Puis plus rien. J'en ai eu marre d'attendre, je comprenais pas pourquoi elle venait pas et pourquoi elle m'appelait plus. J'ai pensé que le garçon gribouillis l'avait encore embêtée.

– Le garçon gribouillis ?

– Il l'embête tout le temps, mais elle veut pas me dire qui c'est. Elle répète "On s'en fiche de lui, c'est un gribouillis". Alors j'ai crié "Elsa ! Elsa !" mais je…

– Tu peux tout nous dire, tu sais.

– Je me suis approché de l'Eau Rouge et de la colline aux papillons. Avec Elsa, on adore s'allonger au milieu des papillons et se raconter des histoires. Mais j'ai pas pu y aller parce que je l'ai vue. Elle flottait dans l'eau la tête à l'envers.

– Comment tu as su que c'était ta sœur?

– À cause de la salopette bleue. Et de sa queue de cheval. Elle ressemble à mon pinceau de peinture quand il est mouillé. Tout fin et tout plat.

Le mur blanc en face de lui le happe. L'autre dame note quelque chose.

– Tu dis que ta sœur te racontait beaucoup d'histoires?

– Oui.

– Dans les histoires qu'elle te racontait, est-ce qu'il y avait quelqu'un qui voulait faire du mal à un enfant?

– Bien sûr. Toujours.

*

* *

Rossi lui avait ensuite proposé d'utiliser le pot de crayons de couleur et les feuilles blanches pour qu'il raconte en images. Obéissant, à huit ans, il avait dessiné, encore et encore… jusqu'à vomir sur les feuilles blanches qu'elle lui tendait. Il ne supportait plus de répéter la même chose. Peut-être que c'est pour ça que les mots ont fini par arrêter de sortir.

– Votre garde à vue peut durer jusqu'à quarante-huit heures. On filmera. Si votre avocat n'est pas là dans les deux heures, on commencera l'interrogatoire.

Il plonge son regard dans le sien. Ça la perturbe, ce qu'il y a au fond de ses yeux marron brique. Très vite, elle cède sa place au lieutenant Aubert qui lui prend ses empreintes. Pendant qu'il s'applique, Rossi la Rêche se poste dans un coin, son index dans la bouche pour arracher le bout de son ongle.

Il se dit que le Maître des ombres ne va pas tarder à envoyer ses serpents le tuer. Pour de bon.

S'ÉCHAPPER

Les serpents sont revenus
Coup de ceinture au visage
Flocons qui tombent

J'ai trente-huit ans
Et je suis dans une salle blanche
Pas blanc cassé ou blanc crème
Blanc-blanc
Comme les couloirs de l'hôpital
Où ma mère m'emmenait enfant
Comme les feuilles
Sur lesquelles je n'ai plus dessiné

Je suis debout
Dans cette salle
Sans porte   Ni fenêtre
Sur l'un des murs
Des images

Un film qu'on projette

J'ai six ans
Ma mère rentre de son travail
Sa petite voiture rouge
Sillonne les lacets de la montagne
Puis ma sœur et moi
On se love dans ses bras
On partage son buste
Comme un pays sacré
Elle nous lit une histoire
Et sa voix fait éclore
Des roses et des rivières

Soudain le film
Fait trembler les murs

J'ai dix ans
Nous partons en vacances
Mes parents et moi
Les premières sans Elsa
Mon père nous conduit à la plage
Dans la petite voiture rouge
On chante
Fenêtres ouvertes
On rit
Une famille normale

Le temps de quelques virages

Après ça crisse
Mon père grimace

Ma mère s'affole
Le ciel tourne
On ne chante plus
Le silence étouffe
Tout est noir

Une odeur de fumée
Un piaillement d'oiseau
L'herbe qui me chatouille

J'ai été expulsé
À plusieurs mètres
De la petite voiture rouge
Elle flambe
Mes parents à l'intérieur

J'ai dix ans peut-être cent
Blanche me recueille
Et je n'ai plus de doutes
Je suis maudit

Tout ce que j'approche
Se transforme en cendres

Matthias

Il est debout, les yeux rivés au plafond à l'autre bout de la pièce. La voix de Rossi fait une percée.

– Revenez vous asseoir ! Tout de suite.

Il s'exécute, ramasse sa chaise renversée, et s'installe aux côtés de son avocate dont il a raté l'arrivée.

– Où étiez-vous lundi 24 au soir monsieur Hénin ?

– …

– Connaissiez-vous Maud Ramos ?

– …

– La capitaine vous demande de répondre. C'est dans votre intérêt de coopérer, tente le lieutenant Aubert.

– …

– Où étiez-vous lundi 24 au soir ?

– …

– J'aimerais que vous me répondiez, à moins que vous préfériez passer la nuit ici ?

– …

– Où étiez-vous ?... Vous avez affirmé être en Italie. Pourtant, un voisin certifie vous avoir vu marcher le long de la grand-rue.

L'avocate l'invite à jouer le jeu d'un haussement de sourcils appuyé. Il ne peut pas, pense – *Mutisme – sélectif – transitoire.* Il mime avoir besoin d'un stylo, écrit : *Italie, Elia Barbato, Via Don Bartolomeo Grazioli, 27/C, Torino, client, départ lundi matin. Retour mardi matin.*

Rossi soupire, exaspérée. Elle fait signe au lieutenant de vérifier l'alibi tandis qu'elle poursuit.

– Quelles étaient vos relations avec Maud Ramos ?

– …

– Et avec sa mère, Nora Ramos ?

Les murs tremblent à nouveau
Hurlent
Les décibels atteignent des hauteurs inédites

LUCE

ELLE A REPRIS son carnet blanc pour examiner ce qu'elle avait laissé de côté. Elle se rappelle le livre de Pirandello qui était sur la table de chevet du Maudit et qui appartenait à sa mère. Elle la questionne et obtient un soupir.

– Je ne sais pas, Luce. Il a pu l'acheter au marché de l'Abreuvoir. Chaque année, on faisait du vide avec Maud, même si ça me déchirait le cœur de me débarrasser de mes affaires.

Sa mère se frotte le nez avec le bout de ses doigts, son geste animal de gêne. Luce change de stratégie.

*

* *

– Papa a une surprise pour toi!

Nora, les yeux masqués par un foulard, tend ses mains devant elle. Luce et Maud la guident amusées jusqu'à la chambre parentale où leur père est prêt pour sa démonstration.

– Ma chérie, je crois que ce petit quelque chose va te réjouir... Les filles, à vous de jouer!

– Luce, en chœur, 3-2-1...

Les deux sœurs lui retirent le foulard et Nora découvre une commode en bois, vintage, comme elle les adore.

– Je l'ai trouvée dans la vallée. Elle te plaît ?

– Merci, Paul, elle est magnifique.

– Par contre, j'ajoute une précision de taille.

Nora le regarde avec malice, elle sait déjà ce qu'il va lui annoncer.

– J'aime l'ordre, tu aimes le désordre, et les disputes ça va bien. Alors voilà : cette commode sera ton espace d'expression personnelle.

Nora éclate de rire.

– Très bien, adjugé.

Elle l'embrasse, ravie d'avoir un territoire qu'elle n'aura plus à conquérir. Luce et sa mère se sourient : s'il y a bien un défaut sur lequel elles se rejoignent, c'est celui-ci.

*

* *

Luce ouvre les tiroirs de la commode les uns après les autres. Dans le premier, elle trouve en vrac une multitude de papiers non triés, des bijoux, un appareil photo Mini Polaroïd, des tickets de carte bleue. Dans le deuxième, des vêtements, des dessins et du matériel de couture. Dans le troisième et dernier tiroir, des chapeaux et un coffre en bois avec des perles. Elle sort chaque chapeau, étonnée d'apprendre que sa mère en possède autant, elle qui refuse de mettre ne serait-ce qu'une casquette pour se protéger du soleil. Elle en pose un sur sa tête, en feutre bleu et en forme de cloche qui la projette dans un autre siècle. Ce serait pratique, pense-t-elle, de s'y réfugier et d'y perdre la mémoire.

Quand elle le retire, elle aperçoit quelque chose dans le ruban extérieur. Un petit cliché Polaroïd. De sa mère et du Maudit, jeunes et souriants, bras dessus bras dessous. Elle se fige, remet tout en ordre et fonce s'asseoir à côté de sa mère sur le canapé en jetant la photo devant elle.

– Tu m'expliques ?

Sa mère se frotte le nez. Luce bouillonne.

– Il faut que tu me parles maintenant. J'ai le droit de savoir… Je t'en supplie !

Sa mère prend sa tête entre ses mains, abandonnée au chagrin.

– Arrête, Luce…

– J'ai passé des journées entières avec lui depuis que Maud a été tuée. Je lui faisais confiance, puis je découvre que c'est le suspect numéro un et que vous étiez amis ? Est-ce que Maud était au courant ?

– Il t'a dit quelque chose ?

– Me dire quoi, maman ? Il parle pas cet homme-là !

Nora hésite à emprunter ce chemin sur lequel aucun retour n'est possible. Elle regarde sa fille et ses mots s'engagent à sa place.

– Le jour de mes vingt ans, j'ai enterré ma mère avec qui j'étais fâchée. Parce que j'avais refusé de poursuivre mes études de droit pour devenir avocate. Comme elle et mon père. Et leurs pères respectifs avant eux. J'ai fui la vie lyonnaise qu'ils m'avaient fabriquée sur mesure et j'ai atterri ici, à Belle-Rose. Je voulais m'isoler, marcher, me perdre dans la forêt. J'ai croisé des randonneurs, des familles, des couples. J'ai franchi des pans rocheux, des plats terreux, des tourbières, des sentiers, et une fois au col de la Grande Pointe, avec la terre à perte de vue, les lignes accidentées, j'ai su que mon avenir était là. Le plat, c'était la mort, tu comprends ? Comme la ligne d'oscilloscope de ma mère à l'hôpital. En redescendant, comme un signe du destin, je l'ai rencontré.

Elle s'arrête, hésite.

– Continue, maman.

– Il était debout sur le demi-cercle de point de vue aménagé. Il tendait les bras et paraissait enlacer l'air. Quand il m'a entendue, il s'est retourné, surpris. Dès que je l'ai vu, je suis tombée amoureuse, de lui et de sa fossette moqueuse sur la joue droite. Ma mère avait emporté avec elle une partie de moi et une autre naissait grâce à lui et à ses yeux marron brique. J'aimais ça chez lui, cette couleur et son silence plein.

– Ses yeux marron brique…

– Matthias ne voulait pas s'attacher pour ne pas souffrir. Il était certain que tout ce qu'il aimait finissait par être détruit, parce qu'il était maudit. J'ai détourné le regard vers un homme moins tourmenté. Ton père. J'ai racheté Le Douglas qui tombait en ruines, on l'a retapé ensemble, puis nous avons fondé une famille grâce à nos deux merveilleuses filles.

– Et après ? Tu m'as appris que quand on aime vraiment c'est pour toujours.

MATTHIAS

LES JOURS passés avec Luce ont marqué une douce parenthèse, désormais refermée par les questions de Rossi la Rêche qui s'abattent sur lui comme une pluie sauvage. Elles se plantent dans sa chair et lui rappellent la vraie nature du réel.

Toutes les femmes qu'il a aimées et qui ont disparu.

*

* *

Dans le salon de Blanche, il lit allongé sur son tapis préféré. Le tapis à cheveux. Il l'appelle comme ça à cause de ses grands fils marron qui lui donnent un air décoiffé. Blanche dépose à côté de lui un verre de citronnade tout en critiquant Maddy venue lui chercher des poux au magasin. Ses paroles l'enveloppent, jusqu'à ce que des voix d'enfants, et des cailloux qui ricochent contre la façade du chalet, le fassent sursauter.

– Eh le Maudit ! Tu t'es encore réfugié chez la vieille folle ? Tu vis là-bas, maintenant ?

Il se fige. Blanche s'agenouille et plonge ses yeux clairs dans les siens, par-dessus ses montures écaille.

– Et si on leur montrait quels grands courageux ils sont ?

Elle se relève, adresse un clin d'œil à son protégé dont elle a la garde, et fonce sur la terrasse brûler des bâtonnets d'encens en baragouinant un langage inventé.

– BALABI BALABO... BOU BA BOU... qu'ils soient maudits d'être venus ici !

Elle effectue de grands gestes circulaires pour envoyer la fumée tout autour d'elle. Sur son tapis, Matthias se roule en boule. Il imagine Paul, Dali et Patrick partir en courant. Parce que ce sont leurs cris apeurés qu'il entend, suivis du rire franc de Blanche.

*

* *

Rossi persévère, elle a troqué la grandiloquence et les coups de mains sur la table contre un calme bienveillant.

– Monsieur Hénin, parlez-nous de vos relations avec Nora Ramos. Nous savons que vous aviez une liaison.

– ...

BALABI BALABO... BOU BA BOU. Il aimerait imiter Blanche et invoquer un être imaginaire pour repousser ses malheurs et se lover dans sa douceur. Il aimerait que Luce soit là, avec sa foi inébranlable et ses cris à faire reculer les têtus.

– La dernière fois que vous vous êtes vus. Que s'est-il passé ?

Les souvenirs se déplacent en lui pareils à des plaques tectoniques.

*

* *

Il ramasse ses grumes, en pleine forêt, quand Nora surgit et manque de glisser à cause de la pente. Elle en rit.

– Paul est parti travailler dans la vallée, les filles sont au lycée, et c'est ma pause. On a deux heures devant nous... Juste toi et moi.

Il va pour parler mais elle l'en empêche d'un doigt sur la bouche.

– Rassure-toi, personne ne m'a vue.

Elle cligne de l'œil, un léger soubresaut de sa paupière gauche exprimant *Viens, tout de suite maintenant*, et elle s'engouffre dans la cabine.

Leur étreinte bat son plein dans un ballet d'amour et de douceur. Elle se blottit sous son bras, la tête sur son buste.

– J'aimerais rester ici toute ma vie.

Il se dégage, prêt à reprendre le travail.

– Pourquoi tu me demandes jamais de rester? Pourquoi tu continues de te punir?

Les phrases sortent toutes seules, des wagons désarticulés.

– Je suis resté caché au lieu d'aller voir ma sœur et de comprendre pourquoi elle faisait des bruits bizarres et criait mon nom plus fort que d'habitude. Si j'étais sorti, si j'avais vu le Danois l'étrangler à quelques mètres de moi, si je l'avais roué de coups, elle aurait pu se délivrer, et à nous deux on l'aurait affronté. Il aurait eu peur, parce que deux contre un, ça change tout, même quand t'es un enfant. Je vaux rien, Nora. J'ai un rétroviseur qui me rappelle en permanence ce à quoi j'ai pas droit.

Elle l'enlace et il s'éloigne.

– Je t'aime, Matthias. À la fin des vacances de Pâques, je suis en formation une semaine. Pars avec moi. On peut encore vivre notre amour. On s'organisera ensuite, toi pour l'exploitation, moi pour les filles. Tout le monde a droit à une deuxième chance.

Il la regarde intensément.

– Ne reviens plus jamais.

*

* *

Rossi fatigue. Elle se lève et recommence avec ses deux mains sur la table.

– Vous étiez plus coopératif enfant. On va faire une pause.

Luce

DANS LE SALON ensoleillé, Luce ne sait plus où chercher la vérité. Elle prend la main de sa mère.

– Maud l'a su ?

– J'ai annoncé à Paul que je voulais le quitter le soir de ton audition sans avoir le courage de lui dire pour Matthias. Ça l'aurait anéanti. Je me suis contentée de reconnaître que Belle-Rose était devenue une prison à ciel ouvert, que je ne supportais plus ma vie, être la femme *de*, la mère *de*, la fille venue *de*. Toutes ces étiquettes devenues étriquées. Il a freiné d'un coup au milieu de la route et il est parti en laissant sa portière ouverte.

– Tu crois que Maud l'a retrouvé ce soir-là ?

– Je peux pas répondre à ça…

– Tu en as parlé à Rossi ?

La lèvre supérieure de Nora tremble. Les sons flottent. Nora se réfugie dans les bras de Luce.

Matthias

Les murs gris de sa cellule le toisent. Il croit s'y noyer et finit par fermer les yeux, las de l'inventivité avec laquelle la vie arrive encore à lui jouer des tours au point de mettre son ADN sur le corps de Maud. Il regarde ses mains, se souvient de ses absences, de la hache… et le doute le fait frissonner.

A-t-il oublié ?

Il refuse cette idée insensée et remonte le fil de ce qu'il s'est passé avant son départ pour l'Italie. Avant la mort de Maud.

*
* *

Il randonne en direction du barrage des deux pins en effectuant son détour habituel pour passer à côté du chalet de Blanche. Il avance, animé de ce plaisir insaisissable de lui rendre visite même si elle l'a quitté depuis longtemps. En saluant sa maison à l'air fier malgré l'usure, c'est à Blanche qu'il rend hommage. Blanche et ses montures écaille qui glissaient sur son nez, Blanche et ses mains constellées de taches de rousseur. Blanche et son stylo à bille qu'elle ouvrait et refermait en permanence. Clic-clic. Elle le guidait, chaque jour, pour les devoirs du lendemain. Clic-clic. *Souligne le sujet en vert et le verbe en rouge*, clic-clic, *oui... non*, clic-clic, *les compléments circonstanciels c'est en bleu*, clic-clic, *oui*, clic-clic. Il songe à tout ce que Blanche lui a apporté. La lecture, les livres, les discussions, l'amour. Elle lui répétait que le sucre ne servait à rien quand c'était le sel qui manquait.

– C'est quoi le sel ? lui avait-il demandé.

– Ce sont les sensations fortes, l'adrénaline, le risque. Faut vibrer dans ta vie mon petit, voir du pays, tomber amoureux, pardonner.

Il l'avait regardée, ébloui, comme il l'est à présent face au soleil.

Sa gourde en main, il s'adosse à Triple Tronc, l'arbre à trois troncs torsadés qu'il adorait enfant.

Ici je respire
Les serpents désertent
Je suis un autre
Sans visions ni absences

Un homme aimé

Il fait le vide en lui, écoute le vent agiter les feuilles de Triple Tronc. Le son qui en émane ressemble à un souffle discret, un bruissement d'eau, comme si à l'écart des hommes, Triple Tronc prenait sa douche pour se laver de leurs aberrations. Les paupières closes, Matthias se ressource, puis entend des voix... une femme et un homme. Il se lève et les suit. Il marche d'un pas vif, se rapproche du barrage étroit où personne ne vient jamais. Il se presse pour prendre de la hauteur, s'étonne de la petitesse de la réserve d'eau et de sa beauté artificielle qui côtoie en aval le lit presque sec de l'Eau Rouge. Pour seuls compagnons à cet endroit, il y a des branchages, une échelle rouillée et un filet d'eau. Il ne s'attarde pas, se dépêche et écoute :

– Tu pourrais te montrer un peu plus gentille, non ? Je me plie en quatre pour toi, je suis là chaque fois que t'en as besoin.

– Je fais ce que je peux.

Il s'approche, essaie de voir leurs visages, mais l'homme a disparu de l'autre côté. Il n'a pas eu le temps de reconnaître sa voix. Elle seule reste visible : Maud.

*

* *

Luce

Après les révélations de sa mère, elle a besoin d'un remontant. Plus de chocolat en poudre, elle met ses tennis et part en acheter.

En entrant dans la supérette, elle fait tinter la clochette et salue Marie-Claude près du comptoir, l'air encore plus hagard que la fois précédente. Elle fonce vers le rayon, prend sa boîte de chocolat et passe en caisse. Elle attend Dali qui doit être dans la réserve quand Marie-Claude prend conscience de sa présence. De la main, elle lui fait signe de s'approcher. Luce se baisse pour entendre ce qu'elle tente de formuler sans y parvenir. Puis Marie-Claude lui glisse quelque chose au creux de la main. Luce relève la tête, va pour ouvrir sa paume, mais Marie-Claude la lui referme d'un hochement de tête.

– Ça va? Tu veux que j'appelle Dali?

Marie-Claude continue ses mouvements, ses *non*, un jouet mécanique qui s'emballe, avant de s'arrêter subitement.

– Luce, j'arrive. Laisse-moi deux minutes.

Dali effectue son retour tonitruant avec ses palettes de conserves. Il cale sa marchandise dans un coin et se faufile derrière le comptoir.

– Ta mère se sent pas très bien, je crois.

– Maman, ça va ?

Marie-Claude regarde son fils comme si rien ne s'était passé.

– Elle a de plus en plus de moments d'absence. Entre les séquelles de la chute et ce que lui a prescrit le médecin, tout fout le camp.

– Je suis désolée, Dali. Tiens, pour le chocolat.

Elle dépose sa monnaie et s'en va.

Dehors, à quelques mètres de la supérette, elle découvre dans sa paume un papier froissé. Blanc. Dessus, un dessin tremblant : une étoile, avec deux traits partant de chaque côté pour former le cordon d'un bracelet.

*

Au Douglas, elle ne tient pas en place.

– Il est où papa ?

– Chez Maddy, elle avait un problème avec son évier.

– On va marcher jusqu'au col après le déjeuner ?

– Si tu veux.

Elle s'agite et sa mère la sonde.

– Qu'est-ce que t'as ?

– Rien. À seize heures ? Je vais passer voir Marie-Claude avant.

Sa mère pose ses deux mains sur ses joues, comme lorsqu'elle était enfant, et l'embrasse tendrement sur le front.

*

Luce l'a noté dans son carnet blanc : Dali sieste dans son hamac entre quinze et seize heures, juste après avoir installé Marie-Claude devant un feuilleton dans sa chambre.

Impatiente, elle emprunte le chemin de terre qui longe la rivière. Le vent chaud caresse les feuilles, les oiseaux piaillent, et elle veut croire que chaque pas la rapproche de la vérité, et de Maud. Sa sœur avait enterré ses secrets sur son île intérieure pour que la vie reste inchangée, que personne ne s'inquiète. Qui était l'ami à qui elle se confiait ? Patrick ? Dali ? Que sait Marie-Claude ?

Quand elle aperçoit la maison, elle se planque derrière le muret qui entoure le jardin. Elle s'accroupit et observe Dali prendre place. Elle ferme les yeux et tend l'oreille, à l'affût d'un ronflement, premier d'une longue série. Dans ce noir improvisé, suspendue aux sons tant désirés, son cœur se serre.

Ces minutes sont interminables
Pareilles à du sable gris
Pluie sonore de mousson
Elles me submergent
Entachent mes espoirs

À l'autre bout du jardin
C'est différent

Le sommeil en vue
Ces minutes sont douces
Elles ne s'attardent pas
Sur des détails sans importance
Elles s'évanouissent dans le présent

Pour habiter les songes
C'est ainsi que va le temps
Heureux comme un enfant

Elle passe une tête par-dessus le muret : Dali dort. Elle traverse le jardin, entre et s'approche de la chambre de Marie-Claude adjacente au salon. Quand elle franchit le seuil, Marie-Claude sur le qui-vive la tire vers elle avant de refermer délicatement la porte. En silence, elle désigne une étagère dans son armoire.

– Il faut que je regarde là-haut, c'est ça?

Je ne réfléchis pas
Prends un tabouret
Monte
Cherche
Ne trouve rien
Sinon des babioles poussiéreuses
Je me retourne vers Marie-Claude
Sa déception me désempare
Je reprends
Tape sur les murs
Et au milieu ça sonne
Creux
Je cherche une ouverture
Réussis à faire tomber une planche
Derrière
Un faux fond
Une photo

D'Elsa et Dali adolescents
Une écharpe
Et –
Mon bracelet
Celui que j'avais donné
À Maud
Pour toujours rester collées
L'une à l'autre

Elle dévisage Marie-Claude.

– Pourquoi vous n'avez rien dit?

Marie-Claude, les larmes aux yeux, s'empare de son calepin sur sa table de nuit et écrit, *Il va me tuer*, avant de tout griffonner et de cacher le papier sous ses vêtements. Luce prend peur, et range tout : la photo, l'écharpe, le bracelet, le faux fond. Elle descend du tabouret, le remet en place près de la table de nuit, et chuchote à l'oreille de Marie-Claude.

– Je vais prévenir la gendarmerie.

Les deux femmes se regardent, solidaires, quand le pas lourd de Dali résonne. Il entre dans la pièce sans frapper.

– T'es là, toi?

Luce masque sa panique.

– Je suis passée en coup de vent m'assurer que ta mère allait bien. Je m'inquiétais après ce matin.

– C'est sympa. Maud venait souvent, tu sais. Je lui avais même appris à tirer à la carabine dans le jardin. Elle t'en avait parlé?

– Non... Je ne la voyais pas beaucoup.

Le calme fier de Dali tranche avec l'ouragan qui a emporté le cœur de Luce. Le visage si anodin de cet homme se rapproche du sien, envahit son espace personnel tout en condamnant l'accès à la porte. Son souffle se plaque sur ses narines. Pour accélérer le temps, se concentrer sur autre chose que ses pulsations affolées, elle compte un par un ses sourcils clairsemés.

– Je suis là pour toi, Luce, si t'as besoin.

Elle se recule pas à pas.

– J'ai pas besoin, Dali, merci.

Il reste silencieux, fixe sa mère, la pièce, l'armoire entrebâillée. Ses sourcils s'élèvent l'un après l'autre. Luce voit son expression changer : elle n'est plus celle de l'ami dévoué et empathique, du fils loyal et sauveur, elle est celle du loup.

– Pourquoi tu me rejettes ?

– Je te rejette pas, t'es pas bien ?

– Je t'ai causé du tort, c'est ça ?

– Écoute, je vais y aller, et je te reproche rien.

Elle essaie de sortir, il lui bloque le passage.

– Si... je le vois à tes yeux. Tu insinues quelque chose. Maman faisait toujours ça quand j'étais petit.

– Tu délires ...

– Me dis pas que je délire ! Je suis pas dingue !

La voix de Luce brise son propre écrin pour laisser éclater sa peur.

– Arrête, Dali !

Marie-Claude se tétanise. Luce s'ancre dans le sol du mieux qu'elle peut.

– Laisse-moi passer maintenant, je dois rentrer. Ma mère m'attend.

La tension irradie son corps. Elle cherche une issue, mais Dali a compris. Fin de partie. Il place sa main sur sa bouche et la soulève du sol. Elle se débat, ses pieds battent l'air. Et comme ça, dans le bruissement des feuilles et des chants d'oiseaux, sans que personne ne s'en rende compte, il la porte jusqu'à sa voiture et l'enferme dans son coffre.

Grésillements

Mes bras sont coincés
Dans mon dos
Je peine à tenir ma tête
Sa voix va et vient
Étouffée
Soliloque brumeux
Le moteur se tait
Et le coffre s'ouvre
Sur ses yeux menteurs
Sa diatribe de l'éconduit
Je me débats
Un jouet entre ses mains
Il me porte jusqu'au barrage
M'attache les poignets
À ce qu'il reste d'une échelle
Tire sur la corde
Me cache sous des branchages
Repart
Pressé d'ouvrir sa boutique
De ne pas attirer l'attention

Avant
Il me regarde une dernière fois
Tu vas mourir
Ta faute
Je le supplie
Avec mon scotch sur la bouche
Mes appels se perdent
Je le suis du regard
Jusqu'à la voiture
Où il y a une silhouette floue
Marie-Claude

Je soupire - Crie
Et Dali revient
Éteindre la lumière

*

J'ouvre les yeux
Le jour s'efface
Personne autour de moi
J'essaie de me détacher
Crie encore
J'essaie de frotter la corde
Échoue
Respire
Luce
Respire
Pense au Maudit
Il resterait calme

Attendrait en silence
Ours blessé
Que le temps passe
Et s'achève

MATTHIAS

MALGRÉ SA CHEVILLE ENSERRÉE, rentrer chez lui le console comme les chocolats de Blanche. Il est obligé de porter un bracelet électronique, la version moderne du boulet de forçat, à cause de la présence de son ADN sur le corps de Maud. Il n'y a pas de chaîne avec huit kilos au bout, mais ça pèse une tonne. D'injustice, de désespoir, de dégoût de soi, de honte. Une tonne d'un peu tout ça qu'il aimerait secouer et renverser pour se libérer. Il sait que personne ne lui viendra en aide. Même pas Luce. Il s'affale dans son fauteuil. Seul.

Que font les maudits
Après s'être tus
Et avoir encaissé
Pendant des années

Pleurent-ils
Ou se vengent-ils

Dans sa chambre, il ressort tous les papiers du meurtre d'Elsa que leur mère avait conservés dans la pochette rose. Il y a des articles de presse, des témoignages manuscrits, des photographies, une enquête sur le tueur en série danois arrêté et emprisonné dans son pays d'origine. Il étale tout par terre, comme il pensait le faire avec Luce.

Il prend également les affaires d'Elsa qu'il avait mises de côté en rangeant la maison de fond en comble : sa collection de parfums miniatures, son stylo-plume rouge, son lapin peluche blanc, et des lettres d'amour qu'elle avait cachées derrière son bureau. Toutes bourrées de fautes d'orthographe et écrites sur un papier artisanal avec des fleurs séchées. Toutes exprimant une passion possessive pour sa sœur. Toutes signées *Ton Roi*.

Matthias les pose au sol, dans l'ordre chronologique, avec la photo d'Elsa, celle qu'il gardait dans son livre. Il liste les faits. Dans une colonne à côté, il écrit *Maud* et reprend les éléments que Luce a compilés pour trouver le point commun entre ces deux affaires. À part les villageois et la capitaine en charge de l'enquête, il n'y a rien. Elsa et Maud ont été étranglées : Elsa avec une écharpe jamais retrouvée, Maud à mains nues. Une écharpe, la sienne, a ensuite été placée autour de son cou. Quelqu'un du village s'est introduit chez lui pendant qu'il était en Italie pour la lui prendre. Il réfléchit, aimerait retrouver Luce, oublier son accusation, son *dégage*, et partager avec elle ces documents malgré son interdiction de l'approcher. Elle lui tendrait la main, parce qu'elle est comme ça, Luce, elle écoute les visages tristes. Elle ne lui reprocherait pas l'arrestation, elle voudrait poursuivre l'enquête, et à eux deux peut-être, ils sauraient enfin.

Du bruit provenant de sa cour le met en alerte, une effervescence inconnue. Il se rend à sa fenêtre et aperçoit un cortège des villageois armés de barres de fer et de pancartes : *Pas de taré chez nous, pars!* Patrick et Hervé l'interpellent.

– On veut plus de toi ici!

– T'as quarante-huit heures pour partir si tu veux pas qu'on brûle tout.

Il referme sa fenêtre sans répondre. La voix étouffée de Patrick parvient jusqu'à lui.

– Tu nous fais pas peur, le Maudit.

Alors que tous sont partis, il s'habille pour faire le tour de sa cour. Il met deux chaussettes pour masquer son porte-honte, et il se trouve bête de vouloir cacher ce que tout le monde lui a collé aux chevilles depuis des années.

Il sort, marche, effectue plusieurs tours de cour, puis Paul apparaît.

Matthias sent les sifflements l'envahir, il refuse de faiblir, pense à Luce qui crie quand elle a peur, peut-être doit-il faire pareil, expulser les mots pour qu'ils ne creusent plus un lit de souffrance.

– Tu veux quoi, cette fois?

Paul baisse la tête, et cela ne lui ressemble pas.

– Est-ce que Luce est chez toi, Matthias?

Entendre mon prénom
De sa bouche
Me fait frémir
De plaisir d'abord
De terreur ensuite

– Luce a disparu. On ne sait pas où elle est. Elle est partie voir Marie-Claude et n'est jamais revenue. Son portable est sur messagerie. On a prévenu Rossi. Aide-nous, s'il te plaît.

Le vent s'engouffre dans les feuillages et la grille laissée ouverte grince.

– Pourquoi moi ?

Le visage de Paul se tend.

– T'étais en garde à vue… Luce et Nora te font confiance.

Luce

Je n'ai plus de force
M'endors

Dans le blanc du jour
Ou de mes pensées
Lettres mortes
Je me tais
Accepte ma défaite

Je ne suis qu'une femme

Nous serons toujours plus exposées
Pour qu'ils se sentent des rois
Proies-miroirs
J'ai cru
Que ce royaume pourrait être le mien

Je ne suis qu'une femme

Je ne pleurerai plus
Ne brûlerai plus
Feuille muette
Je serai au goût des bourreaux
Morte à l'aube du printemps

Je n'étais qu'une femme

Matthias

Paul entre dans la chambre de Matthias et, dans sa précipitation, piétine les documents éparpillés au sol. Il en ramasse un et blêmit.

– C'est quoi ça ?

– Une lettre d'amour. Elsa en avait planquées plusieurs derrière son bureau. Signées *Ton Roi*. Je pense que c'était le garçon gribouillis qui les lui envoyait.

Paul examine le papier à lettres, le tracé des mots.

– Pourquoi tu m'en as jamais parlé ?

– Tu m'as rejeté, t'as oublié ?

– Ce papier avec les fleurs séchées, c'était à ma mère. Je lui avais piqué.

– C'est toi qui écrivais à ma sœur ?

– Mais non !

– Alors quoi ?

– Ce papier, je l'avais donné à Dali.

*

La nuit est claire et trouée d'étoiles. Quelques fenêtres sont encore éclairées. Matthias et Paul marchent vite. Ils tournent à gauche, à droite, longent la rivière asséchée. Ils traversent le jardin de Dali et Paul pose sa main sur le bras de Matthias.

– Il faut que j'y aille seul et que j'aie l'air normal. Si Dali voit que je doute, ou que je l'accuse… il se fermera.

Matthias acquiesce et Paul disparaît derrière le chalet.

Immobile devant les rondins stockés pour l'hiver, il repense à toutes ces années écoulées, aux jeux qui ont eu lieu dans ce jardin, avant la mort d'Elsa, à Patrick et Dali qui se moquaient d'eux en les envoyant faire des bêtises. Il repense aux anniversaires auxquels il n'a plus été invité et qu'il observait de loin. Maudit par le sort.

Tout à coup, des sons sourds, des meubles renversés. Il se précipite à une fenêtre et aperçoit Paul, furieux, qui empoigne Dali par le col et le frappe au visage.

– Dis-moi ce que tu sais !

– Je comprends pas de quoi tu parles, arrête !

– Me prends pas pour un con ! Est-ce que t'as fait du mal à Elsa ? À mes filles ?

– Calme-toi… Appelons Nora…

– Dis-moi la vérité !

Sentant la situation déraper, Dali, ancien militaire habitué au combat, réplique. Il n'a besoin que de quelques secondes pour plaquer Paul au sol.

J'entre sans hésiter
À mon tour de poser les questions
Belle-Rose est aussi mon lieu

Ma chambre
Je garderai la main
N'attiserai pas de nouveau feu
Transformant la terre en cendres
Je serai la main
Par laquelle les assassins meurent
Et les vivants rient

J'entre sans hésiter
Dans ce salon bas de plafond
Dali me fixe
Renifle

– Qu'est-ce que vous vous êtes raconté comme histoire tous les deux ?

Marie-Claude, dont Matthias ignorait la présence, laisse entendre un râle. Il n'y prête pas attention, la devine sur sa droite. Il se concentre, défie Dali en soutenant son regard. Marie-Claude émet à nouveau son bruit. Plus fort. Cette fois, il se tourne vers elle, comme Paul et Dali. Tous les trois la découvrent, tremblante, pointant un revolver accusateur vers son fils. Son cœur se serre, ses serpents surgissent, et Dali ricane.

– Fais pas l'idiote, maman… Tu vas te faire mal.

Dali lâche Paul qui bondit, hors de lui.

– C'est toi qu'as tué ma fille ? C'est toi ?

– Arrête tes conneries.

Paul lui barre la route.

– Je te connais, tu mens. C'est toi qu'as écrit les lettres d'amour à Elsa, c'est toi…

Dali colle son front contre celui de Paul.

– Je suis pas un menteur ! Et t'es qui pour me juger le cocu ?

Paul, enragé, gifle Dali. Matthias veut intervenir, mais son corps est englué, chacun de ses membres transformé en plomb. Devant lui, une mêlée, une pluie de Boum étouffés jusqu'à ce que les deux hommes s'écartent l'un de l'autre. Ahuris et essoufflés. Dali marmonne.

– C'est toujours pareil avec elles. Elles nous séduisent et après elles veulent plus de nous. C'est de leur faute tout ça.

Quand Matthias entend ce *leur*, son corps se délie, malgré les serpents et leurs sifflements, il s'avance vers eux, et soudain… un râle suivi d'une détonation. Un coup part, de biais, et Paul hurle de douleur.

– Putain !

Marie-Claude gémit, affolée d'avoir raté sa cible, et Matthias en profite pour bloquer Dali contre le mur, son avant-bras enfoncé sur son cou.

– Paul, ça va ?

Paul acquiesce. Matthias s'empare du couteau qu'il avait glissé dans sa chaussette, en pose la pointe contre l'abdomen de Dali tout en restant appuyé sur son cou.

– Où est Luce ?

Dali rit, entre deux étranglements.

– Pourquoi tu te marres ?

– Si tu me tues… vous saurez jamais où elle est.

Dali avise l'horloge qui affiche vingt heures cinquante et son rire s'emballe comme une mécanique défectueuse. Matthias garde son cap.

– Elle est où ?

Du silence, une pointe qui s'enfonce, un rire fou.

– Disons qu'elle va bientôt... faire trempette.

Matthias retire son couteau, sa prise et regarde l'horloge à son tour : ils ouvrent les vannes du barrage ce soir, à vingt et une heures. Dans dix minutes.

Dali claudique vers la sortie pour s'évaporer dans la nuit. Dans le dos de Matthias, la voix de Paul émerge.

– Sauve-la... je t'en supplie.

La mue

Ils vont ouvrir les vannes
Une montée des eaux
Comme on n'en voit plus
Je sens la furie
La mue qui commence

Je donne son téléphone à Paul
Les secours vont arriver
Je pars

Je slalome entre les arbres
Prends le chemin le plus court
Celui qui grimpe à pic
Je ne suis pas endurant
Mais je tiens
Dans dix minutes ce sera fini
Ce n'est pas une option

Je monte, saute, trébuche
Les serpents enserrent mes poumons

Ils me font siffler
Je lutte

La côte sera bientôt finie
Les serpents redescendront
Le sifflement va s'éteindre
Concentre-toi sur la route
Le pied du barrage
Elle est là je ne rêve pas
Dans une minute ils vont ouvrir les vannes
L'eau va monter d'un coup

Je ne sais pas nager

Je suis bloqué
Enfant terrifié
Luce m'appelle
La bouche bâillonnée
Des plaintes étouffées
Elle me supplie

Et moi je pense

Dans une minute ils vont ouvrir les vannes

Je me précipite à ses côtés
Libère sa bouche
Et déjà l'eau est lâchée
L'Eau Rouge se réveille
Glisse vers nous

Au-dessus de nous
Partout
Luce crie
Il y a des larmes dans ses yeux
À moins que ce soit l'eau
Qui tombe sur nos têtes par trombes

Tu vas y arriver Matthias
Sa voix est douce comme de la soie
L'eau va te porter laisse-toi faire

Je n'arrive pas à détacher la corde
L'eau est sous son nez

C'est moi qui ai des larmes maintenant

J'utilise toute ma force
Toute ma colère accumulée
Je réussis à couper la corde
Elle sort – respire – hurle mon nom
Pour que je sorte à mon tour
Hors de toute cette eau

Mais je n'y arrive pas
L'eau est plus forte
Elle m'emporte ailleurs
Vers ses profondeurs
Et ses souvenirs

L'Eau Rouge

Pourquoi l'Eau Rouge, avait-il dit ?
Pour le souvenir, pardi
Ne te rappelles-tu pas
L'histoire de celle qui
Tranquille s'en alla ?

Elle avait quitté son groupe
Toute fière de son entourloupe
Et avait suivi une grive
Venue s'abreuver
Aux confins de la rive

Charmée, elle n'avait pas hésité
À petits pas à s'approcher
« Viens par ici, toi
Ou tu vas mettre la rivière
En émoi »

Au moment de toucher l'animal
L'enfant devint tout pâle
L'eau venait de se lever
Pour dans un râle
Se déchaîner.

Luce

Dans la partie privée du Douglas transformée en cellule de crise, Nora enlace sa fille esseulée. Le lieutenant Aubert est pendu à son talkie. Luce a changé de vêtements, conservé sa couverture de survie. Soudain, ça grésille… La voix de la capitaine Rossi : *Aucune trace de Matthias Hénin dans l'Eau Rouge. Son bracelet a été retrouvé, pas lui. On poursuit la traque du suspect.*

Luce contemple sa couverture dorée. Ça brille sous ses yeux. Si elle était un être miniature, ce doré aurait des allures de plage paradisiaque. Elle s'y rend, se rapetisse, et prie pour ne pas qu'il meure. Dans son corps, sa prière prend la forme d'une danse.

Matthias

L'eau est partout autour de lui… Il ne comprend pas où il est ni comment il respire. S'est-il transformé en poisson ? Il croit voir Elsa qui lui tend la main pour l'emmener avec elle. Loin d'ici. Ses pieds butent contre une roche, *Matthias… Matthias…*, il refuse de partir, pas maintenant, il pousse le fond de ce puits inondé –

Je respire
À nouveau
Ou pour la première fois

Matthias… Matthias…

Je vais le traquer
Le retrouver et le tuer

Quand il sort de l'Eau Rouge, il entend un hélicoptère. Il imagine une équipe au sol. La forêt n'a jamais été aussi bruyante. Le sol est remué, les oiseaux ont fui. Triple Tronc doit être aux aguets. Dali connaît la montagne par cœur – où irait-il se terrer ? Où se cache-t-on lorsqu'il n'y a plus d'issue ?

*

* *

L'alarme incendie retentit dans l'école pour l'exercice trimestriel. Dans la salle de classe, Paul se marre et lance à Matthias :

– Chiche on se planque pour pas qu'on nous trouve ?

– Pourquoi ?

– Bah pour se marrer ! Dali m'a dit qu'ils faisaient ça tout le temps quand ils étaient en primaire.

Matthias accepte, heureux de faire comme les grands. Tous les élèves se dirigent vers la sortie, pour accomplir l'entraînement dans les règles, pendant que Paul et Matthias cherchent leur cachette. Paul se hisse dans un placard de ménage et Matthias ne sait pas où se planquer. Il panique.

– Je vais où moi ? Y a pas d'endroit à ma taille !

– Reste à vue. Dali dit que c'est le meilleur endroit pour passer inaperçu.

– Pourquoi tu te caches là alors ?

– Allez, file, tu vas me faire repérer !

Matthias sort, il suit le mouvement et reste debout derrière un arbre dans la cour, visible pour celui qui daignerait le chercher. Alors que Maddy compte et recompte encore, qu'elle se rend à l'évidence qu'il manque deux enfants, elle envoie sa collègue trouver les petits malins dans l'école. Quelques instants plus tard, elle ressort en tenant Paul par l'oreille. Matthias n'en revient pas, Dali avait raison. Il était là, tout près. Dans l'angle mort.

*

* *

Il avise le ciel traversé de faisceaux lumineux. Il entend les chiens, les voix et sait.

Dali est là où tout a commencé
Là où tout devra finir
À dialoguer avec ses fantômes

Lorsqu'il arrive sur les lieux, il devine la silhouette blessée de Dali au pied du Grand Cembro, accroupie, prête à mordre.

– T'en as mis du temps.

Matthias s'approche. Dali le provoque, donne les premiers coups comme un chien enragé. Matthias est plus grand, plus fort, il place sa grosse patte d'ours autour de son cou en le soulevant du sol.

– Tu vas mourir. Comme Elsa, et Maud.

Son corps entier se déploie, souple, puissant. Entre deux étranglements, Dali parle, pour acheter sa survie.

– Je les ai aimées toutes les deux. Toutes les deux.

Matthias revoit la scène comme s'il était sorti de sa cachette, qu'il était le témoin impuissant du meurtre de sa sœur.

Dali s'approche de l'Eau Rouge. Adolescent désœuvré. Il est convaincu qu'Elsa l'aime, qu'elle refuse de le lui avouer par pudeur. Il veut l'embrasser pendant qu'elle compte. Elle le repousse. Une blessure dans son orgueil. Une tempête ingérable. Il doit réagir au risque de s'effondrer. Matthias voit – tout –

Dali serre fort
L'écharpe autour de son cou
Pourquoi est-ce si facile
De revêtir cette cape de bourreau
Pourquoi est-ce si facile
Pour lui
De la trouver juste

Après le corps dans l'eau
Dali se retire
Emporte l'écharpe
Son trophée
Souvenir funeste
Que fait-il ensuite
Regrette-il   Pleure-t-il
Passe-t-il un vernis
Sur sa virilité protégée
Pour anesthésier son tourment
Et se sentir vivant

Les hommes seront-ils toujours
Au bord du gouffre
Prêts à sortir leurs griffes
Pour s'agripper au rebord
La tête au soleil
Et effacer leurs torts

Matthias serre, hypnotisé par le visage grimaçant de Dali.

– Lâche-le, Matthias, c'est fini ! On a de quoi le faire tomber pour un bout de temps !

Rossi braque son arme sur eux malgré la distance.

– Je vais m'approcher… lentement !

Il se tourne et aperçoit, derrière Rossi, du renfort. Nora et Luce.

Luce

Elle s'empare du téléphone de sa mère et met de la musique. Un air vif de piano et de violoncelle. Très fort. Celui de son audition sur lequel elle répétait tous les jours avant Maud et la vie renversée. Peut-être que désormais, elle réussira à danser. Peut-être que la vérité libère même si elle place sous les projecteurs le pauvre type, celui qui frappe et ignore l'empathie tant ses failles narcissiques sont des plaies béantes.

Alors que la musique joue et résonne dans le silence de la montagne, Luce brave les ordres de Rossi. Elle s'avance et secoue sa couverture de survie.

Déplie son corps.

Ses gestes sont sûrs, directs, ils s'enfoncent dans l'instant.

Les pas se font figures, et les figures, danse.

Luce & Matthias

Je retrouve mon corps
Fragile et fort
Il suit le mouvement
L'incertitude de la vie
Il souffle au Maudit
Tout ce que je ne sais plus dire
Ma foi en la beauté

En lui

En nous

Je serre de plus en plus fort
Le cou de Dali
J'oublie tout ce qu'il y a autour
Les menaces de Rossi
Les cris de Nora

Une silhouette s'approche

Dorée
Je serre de plus en plus fort
Elle bouge les bras
De gauche à droite
Une vague horizontale
Attrapant mon attention

Je serre
Les pas s'accélèrent
Elle se rapproche

Il m'a vue

Le monde et sa violence
Vont disparaître

Il n'y aura plus que l'histoire

Celle que les gestes content
Celle des absents
Des présents qui les portent

Il n'y aura plus que l'histoire

Celle des liens qu'on tisse
Et qui chantent

La musique s'immisce dans ma tête
Un air vif de piano
Et de violoncelle

Ça brille

Luce est tout près
M'indiquant le chemin

Je ne serre plus
Contemple sa danse

Ma renaissance

Six mois plus tard

Matthias

Cette soirée a un goût de première fois. Il est assis dans son siège noir au milieu de centaines d'autres personnes qui ne prêtent pas attention à lui. L'atmosphère est chaleureuse et feutrée. Chacun effectue sa danse rituelle pour trouver sa place : discussions et retrouvailles, retraits de bonnet et d'écharpe, gorgée d'eau ou grignotage improvisé. Matthias a tout vendu, sa maison, son terrain, son camion.

Et il a foulé un autre sol que le sien, outre-Atlantique, comme un pionnier.

Au cœur du Meridian Arts Centre de Toronto, le voilà autre. Une main inconnue a modifié les filtres de ses yeux, remplacé la dureté par la douceur. À côté de lui, Paul et Nora lui sourient. Dans quelques minutes, la nuit tombera et la lumière dansera.

Luce.

Ça échappe et ça ricoche

C'est inévitable

Mais parfois

Les mains tendues arrivent au bon moment
Elles rappellent qu'ensemble
C'est possible
Ensemble en désobéissance
Elles pansent
Les cicatrices invisibles
Portes fermées
Remparts de béton
Elles ôtent les briques
Une par une
Réparent les fissures
Pour garder la cadence
Sans frémir ni faiblir
Les mains tendues

Parfois

Arrivent au bon moment
Elles restent sur le qui-vive
Infatigables et enragées
Pour libérer les emmurés
Et faire jaillir du silence
La danse des oubliés

Remerciements

Je remercie infiniment ma famille pour ses encouragements et sa tendresse. Ma mère, phare dans l'adversité, pour sa passion complice de la langue, la beauté de son regard, et son implication enthousiaste dans les innombrables relectures de ce livre. Mon père, si inspirant, pour son sens inégalé de la narration, des images, et son attention aux détails qui font toute la différence. Ma sœur, pour son aide précieuse arrivée au galop à l'instant où je perdais pied. Mon compagnon, magicien du quotidien et coéquipier solaire des joies et tourments de l'écriture, ma fille qui sait me rappeler qu'on peut être de toutes les places et de tous les rêves.

Je remercie également :

Mes amies, admirables et fidèles, pour leur soutien dans cette aventure : Agnès, Alma, Anne, Babette, Caroline, Cyrielle, Élise, Laetitia, Lisa, Pauline. Pierre, pour son amitié et ses magnifiques créations musicales qui ont accompagné l'écriture de ce livre. Cerise, pour ses conseils sur la danse. Marine et Louise.

La librairie Page 189, et notamment Stéphane et Clara qui m'ont ouvert la voie à des lectures galvanisantes.

Le Centre National du Livre pour son aide indispensable.

Occitanie Livre & Lecture, avec la Maison des écritures de Lombez. Merci à Maya, Clémentine et Paul pour leur générosité et leur engagement.

Enfin, j'adresse toute ma gratitude à Héloïse d'Ormesson pour sa confiance, à Roxane Defer pour son œil avisé, ainsi qu'à Nathalie Baravian. Merci à toute l'équipe des éditions Héloïse d'Ormesson qui déploie passion et énergie pour faire vivre les livres, avec Anne-Marie Bourgeois, Laura Borée, Alexandra Calmès, Alix de Cazotte, et Charlotte Nociteau.